KB079582

30세기
소년 소녀

미래 과학과 고대 마법으로
두 세계를 구하라

고훈관 지음

북클라우드

차례

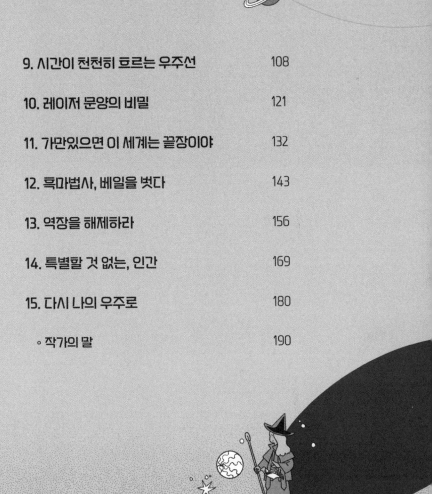

일러두기

- 이 책은 물리학 지식을 바탕으로 한 허구의 이야기입니다.

- 뒤표지 책날개 하단의 QR코드를 스캔하면, 교과 연계 부록 파일을 내려받으실 수 있습니다.

초신성 폭발,
그리고…

"아~함! 얼마나 남았지?"

유안이 허공에 뜬 입체 영상을 쳐다보며 하품을 했다. 영상 속에는 어두운 우주 공간을 배경으로 별들이 떠 있었다. 그중에서 유독 밝은 별 하나가 보였다.

그 모습을 배경으로 과학자들이 중계 스튜디오에 앉아서 몇 시간째 초신성과 블랙홀에 관해 똑같은 설명만 늘어놓고 있었다. 아무리 과학자라고 해도 몇 시간씩 떠들라고 하면 똑같은 말만 할수밖에 없는 건 당연했다.

"뻔히 알면서 뭘 물어. 카운트다운 봐."

태유는 유안의 말에 심드렁하게 대답하며 우주선 바닥에 빨간

선을 죽죽 그어 이상한 문양을 그렸다. 별과 동그라미, 네모 등이 뒤섞인 기하학적 문양이었다.

"야, 내가 바닥에 낙서하지 말라고 했잖아! 아빠한테 혼난단 말이야."

"낙서라니? 이거 마법진이야. 소환에 쓰는 주문 같은 거지."

태유는 유안을 쳐다보지도 않고 대꾸했다. 그리고 옆쪽에 가만히 서 있는 로봇을 슬쩍 쳐다본 뒤 덧붙였다.

"로비도 아무 말 안 하잖아."

"로비는 안전 때문에 따라온 거야. 우주선이 지저분해지면 혼나는 건 나라고!"

유안은 고개를 절레절레 흔들었다. 우주선을 타고 은하계를 자유롭게 돌아다니는 요즘 시대에 고대 마법 이야기에 빠져 있다니…. 유안은 태유와 어려서부터 단짝 친구였지만, 태유의 취미만큼은 도무지 이해할 수 없었다.

유안과 태유는 원래 살던 행성에서 멀리 떨어진 우주에 와 있었다. '펜로즈 프로젝트' 현장을 견학하기 위해서였다. 아빠는 로비가 우주선을 조종하고 안전을 책임진다는 조건을 달고 허락해 주었다. 우주선을 깨끗이 사용해야 하는 건 말할 것도 없었다.

"어차피 지금은 할 것도 없잖아. 난 심심하다고."

태유가 구시렁거렸다.

700여 년 전, 초광속 우주여행 기술이 등장하면서 인류는 지구를 벗어나 은하계 곳곳으로 퍼져 살기 시작했다. 지금은 은하계의 행성 수백 개에 사람이 살고 있다. 그것도 모자라 아예 거대한 인공행성을 만들어 살기도 한다.

은하계의 인구가 조 단위를 넘어서자 그만큼 에너지도 많이 필요해졌다. 수많은 사람이 살아가고 활동하려니 필요한 에너지의 양도 엄청나게 늘어난 것이다.

그래서 은하계 연방이 들고나온 게 '펜로즈 프로젝트'였다. 아주 오랜 옛날, 지구의 로저 펜로즈라는 물리학자가 제시한 이론에서 비롯한 계획이었다. 간단히 말하면, 블랙홀에서 막대한 에너지를 얻을 수 있다는 이론이다. 그때는 기술이 턱도 없이 부족해 이론만으로 끝났지만, 이제는 기술이 발전해 실제로 시도해 볼 수 있게 된 것이다.

유안과 태유가 수십만 분의 1의 확률을 뚫고 펜로즈 프로젝트 견학 프로그램에 당첨된 건 엄청난 행운이었다. 덕분에 둘은 현장에 와서 프로젝트에 관한 설명도 듣고 관련 시설도 둘러볼 수 있었다.

프로젝트 첫 실험은 블랙홀을 생성하는 것이었다. 블랙홀은 중력이 매우 강해 빛조차 빠져나올 수 없는 천체로, 질량이 충분히 큰 별이 진화하다가 결국 폭발하여 사라지는 초신성이 될 때 생겨난다. 이 과정을 인위적으로 재현하는 데 성공하면, 그다음으로는 블랙홀에서 에너지를 뽑아내는 실험이 더 이루어질 예정이었다.

만약 블랙홀을 자유자재로 만들 수 있다면, 원하는 곳에 블랙홀을 만들어 에너지원으로 쓸 수 있다는 얘기였다. 물론 초신성이 폭발할 때 위험한 방사선을 뿜어내기 때문에, 사람이 사는 곳에 피해가 가지 않도록 신중하게 위치를 선정해야 했다.

사흘 전, 유안과 태유는 견학 코스에 따라 우주선을 타고 날아다니면서, 그 별을 둘러싸고 있는 수만 개의 검은색 인공위성을 구경했다. 이 인공위성들이 작동을 시작하면, 별 내부의 핵융합 반응이 멈춘다는 게 가이드의 설명이었다. 그러면 별은 중력에 의해 스스로 안쪽으로 붕괴하며 거대한 폭발을 일으킬 것이다. 이때 초신성은 은하 전체보다 더 밝게 빛나게 된다.

이 초신성 폭발이 견학 프로그램의 하이라이트였다. 인공위성에 탑재된 핵융합 억제 장치가 작동하면 별이 붕괴하기 시작하고, 그로부터 몇 시간 뒤면 충격파가 별의 껍데기를 밖으로 날리며 밝은 빛을 뿜어낼 것이다.

당연히 초신성 폭발을 바로 옆에서 볼 수는 없었다. 목숨이 아깝지 않다면 모를까.

시설 견학을 마친 뒤 유안과 태유를 비롯한 견학 참가자들은 초신성으로부터 멀리 떨어진 우주 공간에 마련된 강력한 보호 역장 속으로 자리를 옮겼다. 이 보호 역장은 초신성에서 날아오는 충격파를 막을 수 있었다. 관람을 위해 엑스선과 감마선 같은 위험한 빛도 모두 차단하고 가시광선만 통과시켰다.

초신성 폭발의 빛이 이곳까지 도착하는 데는 약 삼 일이 걸렸다. 실제 폭발 순간의 모습은 무인 카메라가 촬영해 초광속 통신으로 전송한 영상을 통해 이미 수십 차례나 보았지만, 폭발의 순간을 두 눈에 직접 담으려면 삼 일을 기다려야 한다는 뜻이었다.

게다가 우주를 오염시키지 말라며 초신성 폭발을 반대하는 테러 단체 '블랙 유니버스'가 시위를 벌이는 통에, 폭발 시기가 늦춰지기까지 했다. 유안은 아나운서가 일정 연기를 발표할 때마다 이를 갈았다.

"망할 놈들. 이런 중요한 프로젝트에 훼방을 놓고 난리야!"

그래도 결국 시간은 흘렀고, 마침내 초신성 폭발을 직접 보기까지 이제 몇 시간만 남은 상태였다. 태유가 슬쩍 카운트다운 시계를 쳐다보더니 말했다.

"아직 멀었네. 한숨 자고 와서 마법진 완성할 때쯤 보일 듯. 야, 이거 지우지 마!"

그러고는 하품하며 침실로 향했다.

"흥. 30세기에 마법이라니 어이가 없네."

유안이 태유의 등 뒤에 대고 빈정거렸다.

"흥. 난 고대의 신비주의 문화에 관심이 있는 것뿐. 과거를 아는 것도 중요하다고."

태유도 지지 않고 대꾸한 뒤 사라졌다. 유안으로서는 아무래도 상관없었다. 조금만 있으면 초신성 폭발을 가까운 곳에서 두 눈으로 목격하는 진귀한 경험을 하게 될 터였다.

유안은 콧노래를 부르며 각종 기록 장치를 점검했다. 나중에 학교에 제출할 외부 활동 보고서에 첨부할 자료를 만들어야 했다. 그리고 태유처럼 잠시 눈을 붙일 생각이었다. 시간이 되면 로비가 깨워 줄 테니까.

"곧 보일 예정입니다."

로비가 유안의 어깨를 흔들었다. 유안은 벌떡 일어나 조종실 옆 거실로 달려갔다. 거실은 컴컴했다. 어둠 속에서 태유가 촛불로 빛나는 마법진 옆에 서 있었다.

"야, 우주선에서 불 붙이면 위험하다고!"

"괜찮아, 로비에게 허락받은 거야."

태유가 로비를 가리키며 대답했다. 유안이 로비를 노려보자 로비는 침착한 목소리로 말했다.

"저 정도는 안전합니다."

유안은 고개를 저으며 중계 영상을 띄웠다. 어차피 초신성 폭발을 감상하려면 이 정도로 어두운 게 나을 것 같았다. 아나운서가 흥분한 목소리로 떠들고 있었다.

"이제 곧 관람 구역에서도 초신성의 밝은 빛이 보일 예정입니다!"

영상 아래에 나오는 카운트다운을 보니 이제 불과 30여 초 뒤였다. 유안은 마지막으로 기록 장치를 확인하고 창밖으로 멀리 보이는 별이 불타오르기를 기다렸다.

10, 9, 8, …

그때 태유가 "완성!"이라고 외치며 알 수 없는 주문을 외우기 시작했다.

"아, 조용히 좀 해! 중요한 순간이라고!"

"잠깐만. 이것도 끝나 감."

5, 4, 3, …

"온다!"

"됐다!"

순간 창밖이 환하게 밝아졌다. 까만 우주가 순식간에 하얀빛으로 휩싸였고, 별들이 모조리 사라졌다. 우주에 있다는 게 믿기지 않을 정도였다. 강렬한 빛에 저절로 눈을 감을 수밖에 없었다. 주문을 외던 태유도 깜짝 놀라 외쳤다.

"우와! 장난 아닌데?"

초신성의 빛줄기가 우주선 객실 안으로 밀고 들어오자 어두운 실내가 밝게 빛나며 마법진을 비추던 촛불이 존재감을 잃었다.

"보호 역장이 모든 충격파를 막아 주지는 못하기 때문에 약간의 진동이나 충격을 받을 수 있습니다. 유의하여 주시기 바랍니다."

관람 중인 우주선을 위한 안내 방송이 흘러나왔다. 때마침 유안과 태유가 탄 우주선도 살짝 흔들렸다. 창문의 투과율을 더 낮추자 빛이 조금 어두워지며 강렬하게 빛나는 별의 모습이 보였다. 유안은 계속 이 정도로 보이도록 창문의 투과율을 자동 설정했다.

"내가 드디어 초신성 폭발을 직접 보다니!"

감탄한 유안은 눈을 가늘게 뜨고 멍하니 바라만 보았다. 어느새 태유도 옆에 와서 함께 보고 있었다. 우주선은 계속해서 조금씩 흔들리다가 진동이 점점 강해졌다.

뭔가 이상하다는 사실을 먼저 눈치챈 건 태유였다.

"이거 왜 이래, 로비? 괜찮은 거야?"

"지금 확인 중입니다. 어쩌면 초신성 폭발로 나온 중력파 때문일 수도 있….”

그 순간 우주선이 급격히 움직이며 유안과 태유가 나동그라졌다. 둘이 엉덩이를 부여잡고 있을 때 안내 방송이 들렸다.

“중력파의 이상 현상이 감지되어 안전을 위해 잠시 보호막을 완전히 차단하겠습니다.”

순식간에 사방이 깜깜해졌다. 동시에 우주선이 격렬하게 진동하는 바람에 유안은 다시 바닥에 뒹굴었다. 태유의 비명 소리가 어둠 속에서 울려 퍼졌다.

“아고고. 불 좀 켜 줘, 로비.”

하지만 로비는 대꾸가 없었다.

“태유야, 괜찮아?”

태유도 아무 대답이 없었다. 어딘가에서 어렴풋한 빛이 보였다. 유안은 그쪽으로 기어갔다. 자세히 보니 그 빛은 마법진에서 나는 것이었다. 마법진이 어둠 속에서 푸르스름하게 빛나고 있었다.

‘뭐야, 이 자식. 야광 물질로 진을 그려 놓은 건가?’

마법진 위에 누군가 누워 있었다. 태유인 모양이었다. 유안이 다가가 태유를 흔들었다. 태유가 끄응— 하며 신음했다. 유안은 덜컥 겁이 났다. 빨리 우주선의 동력을 재활성화해야 했다.

“로비! 로비!”

유안이 필사적으로 외쳤지만, 로비는 아무런 대답도 없었다. 유안은 어둠 속에서 더듬거리며 제어판을 찾았다.

그때 누군가 유안의 어깨를 손으로 움켜잡았다.

"으악!"

"야, 나야 나."

태유의 목소리에 유안은 가슴을 쓸어내렸다.

"너 괜찮아? 마법진 위에 쓰러져 있어서 큰일 난 줄 알았잖아."

"마법진? 난 저쪽에서 넘어졌는데?"

"무슨 소리야, 저기서 분명…"

그때 다시 전력이 돌아왔다. 주변이 갑자기 환해지자 유안은 눈이 부셔서 손으로 눈을 가렸다. 로비의 목소리와 안내 방송 소리가 동시에 들렸다.

"유안, 태유, 괜찮습니까?"

"…보호 역장 투과율을 적정 수준으로 조절하고 있습…."

로비가 얼른 다가와 유안과 태유의 상태를 확인했다.

"건강 상태 이상 없습니다. 우주선 상태 확인 중…."

밝은 빛에 눈이 적응하자 유안은 우주선 내부를 둘러보았다. 온갖 잡동사니가 바닥에 떨어져 나뒹굴고 마법진에 쓰였던 초도 불이 꺼진 채 이곳저곳에 흩어져 있었다. 그리고 마법진에는… 여전히 누군가가 누워 있었다.

"으아악! 저, 저게 누구야?"

유안이 소리를 지르며 마법진을 가리켰다. 태유도 그쪽을 보더니 깜짝 놀라서 유안을 끌어안으며 비명을 질렀다.

"우왁! 저게 뭐야?"

그러나 로비는 당황하지 않았다. 재빨리 마법진을 향해 다가가더니 어디선가 꺼낸 고분자 케이블로 정체 모를 이의 손발을 묶으려 했다. 그는 나지막하게 신음할 뿐 저항하지 못했다.

"밀항자 또는 우주 해적으로 추정됩니다. 곧바로 우주순찰대에 신고하겠습니다."

로비의 빠른 조처에 유안은 안심할 수 있었다. 그런데 그때 태유가 로비를 막았다.

"잠깐만! 그러지 마!"

"뭐? 왜 그러는 거야?"

유안이 물었지만 태유는 대답하지 않고 정체불명의 사람에게 다가갔다.

"야, 위험해!"

"쉿! 이걸 봐. 옷차림이 이상해. 나이도 우리 정도밖에 안 될 듯? 해적일 리가 없어!"

"그럼 몰래 숨어 탄 아이겠지. 그런데 어디서 탔을까?"

"아니야. 이 사람은…."

"그럼 뭔데?"

"내 마법진으로 소환한 게 틀림없어!"

유안은 갑자기 맥이 탁 풀렸다.

"그게 무슨 말 같지 않은 소리냐? 그냥 취미인 줄 알았는데, 진지하게 믿고 있었던 거야?"

"음. 뭐 그건 아니지만, 지금 상황이 그런 듯? 갑자기 우주 한복판에서 사람이 어떻게 튀어나오냐고?"

황당한 소리였지만, 딱히 반박할 말은 없었다.

"ㅇㅇㅇㅇㅇ음…."

때마침 정체불명의 침입자가 정신을 차렸다. 유안과 태유는 로비와 함께 그 사람을 둘러쌌다. 가까이서 보니 긴 갈색 머리를 한 여자아이였다.

"너, 넌 누구야! 어떻게 여기에 탄 거야?"

유안이 떨리는 목소리로 물었다. 그 소리를 들었는지 여자아이는 눈을 뜨고 자신을 내려다보고 있는 두 소년과 한 로봇을 올려다보았다.

"꺄아아아악!"

너와 나의
언어가 만날 때

유안과 태유는 흠칫 놀라 뒷걸음질했다. 여자애도 벌떡 일어나더니 구석으로 물러났다. 그러다 등이 창에 부딪히자 뒤를 돌아 창밖을 보더니 더더욱 큰 비명을 질렀다.

"자, 자, 괜찮아. 해치지 않아."

먼저 여유를 되찾은 태유가 천천히 다가가면서 말했다. 하지만 여자애는 겁먹은 표정으로 주저앉더니 눈을 감고 이상한 손짓을 하며 뭐라 중얼거렸다.

"뭐 하는 거지?"

유안이 태유에게 소곤거렸다.

"글쎄, 무슨 주문을 외는 것 같은데?"

유안은 혹시 무슨 일이라도 일어나나 싶어 기다려 보았지만, 아무 일도 벌어지지 않았다.

여자애가 뭔가 기대하는 눈빛으로 다시 눈을 뜨더니 두 손으로 머리를 감싸고 울기 시작했다. 알 수 없는 말을 중얼거리며 흐느끼는 여자애를 바라보면서 유안과 태유는 어찌할 줄을 몰랐다.

"일단 말이 통해야 할 것 같은데…. 로비, 통역 가능해?"

"은하계에서 쓰이는 모든 언어와 비교해 보았지만, 일치하는 결과가 없습니다. 제 데이터베이스에 없는 언어입니다."

유안은 이해가 가지 않았다. 은하계는 방대하지만 초광속 여행과 통신 덕분에 모두 공통의 표준어를 쓰고 있었다. 일부 지역에서 쓰이는 현지 언어가 있었지만, 로비가 충분히 통역할 수 있어야 했다.

"거봐. 다른 세계에서 온 여자애가 틀림없어. 내 마법으로 소환되어 온 거야!"

태유가 자랑스러운 듯이 말했다.

'이 자식은 무슨 소리를 하는 거지? 지금 이 상황이 재밌나?'

유안은 갑갑했다. 정체 모를 여자애가 갑자기 우주선 안에 뚝 떨어지다니.

"로비, 언어 해독 가능하지 않아?"

"데이터가 더 필요합니다."

태유가 묻자 로비가 건조하게 대답했다.

"쟤한테 말을 더 시켜 봐야겠다. 어떡하지?"

태유는 갑자기 사라지더니 주스 한 컵을 가지고 돌아와 여자애에게 내밀었다.

"자, 이거 마시고 마음을 가라앉혀 봐."

여자애는 마치 주스에 독약이라도 든 것처럼 놀라며 뒤로 물러섰다. 태유는 몸짓을 섞어 가며 주스를 마시라고 권했지만 여자애는 죽어라 거부했다. 태유가 먼저 한 모금 마셔 보이자 마침내 여자애는 잔뜩 의심스러운 표정으로 컵을 받았다. 주스를 한 모금 마신 여자애의 눈이 커졌다. 그렇게 달콤한 것을 처음 마셔 보는 듯한 표정이었다.

태유가 유안을 바라보며 슬쩍 고개를 흔들었다. 유안은 상황이 못마땅했지만, 일단 가만히 지켜보기로 했다. 여자애가 컵을 내려놓자 태유는 자신을 가리키며 말했다.

"난 태유."

그리고 여자애를 가리키며 물었다.

"넌?"

여자애는 알아들은 것처럼 대답했다.

"프릴라."

"프릴라? 그게 이름이야?"

태유가 여자애를 가리키며 "프릴라?"라고 하자 여자애는 고개를 끄덕였다. 태유는 유안을 가리키며 "유안"이라고 말했다. 유안은 여자애가 쳐다보자 얼떨결에 손을 흔들었다.

여자애는 여전히 두려움이 깃든 눈으로 사방을 둘러보았다. 그러다 태유가 그려 놓은 마법진에 시선이 닿자 강한 관심을 보였다.

"아, 저건 내가 그린 마법진이야. 아마 저 마법 때문에 네가 소환되어 온 것 같아."

엄청나게 말도 안 되는 소리를 태연하게 해 대는 태유를 유안은 멍하니 바라보았다. 여자애는 뭔가 알아들은 것인지 마법진을 가리키며 알 수 없는 말을 한참 떠들어 댔다. 유안과 태유는 서로 마주 보며 어깨를 으쓱할 수밖에 없었다.

우여곡절 끝에 유안과 태유는 프릴라를 좀 더 편안한 곳으로 데려갈 수 있었다. 세 사람은 조촐한 간식거리를 가운데 두고 앉아서 이야기를 시작했다. 처음에는 '의자'나 '물', '포크' 같은 간단한 물건의 이름을 번갈아 말하며 서로의 언어를 알아 가기 시작했다. 로비는 옆에서 데이터를 수집하며 통역 프로그램을 만들었다.

급기야 태유는 자기가 보던 마법책까지 가져와 프릴라에게 보여 주었다. 마법책을 본 프릴라는 갑자기 말이 많아졌다. 그 안에 적힌 기호나 문양 따위를 가리키며 한참을 떠들었다. 하지만 유안과 태유는 무슨 소리인지 조금도 알아들을 수 없었다.

한번은 프릴라가 책과 천장의 조명을 번갈아 가리키며 말했다. 태유는 프릴라가 가리키는 페이지의 내용을 보고 말했다.

"이건 발광체를 만드는 마법진인데."

"그럼 저 조명을 마법으로 만들었냐는 말인 건가?"

유안이 프릴라를 향해 고개를 흔들며 말했다.

"아니야. 저건 마법으로 만든 발광체가 아니야. 저건 전기로 빛을 내는 장치야. 전기 알아?"

프릴라는 전혀 못 알아듣는 눈치였다.

"음, 전기가 뭐냐 하면… 전자의 움직임으로 생기는 에너지를 말하는 거야. 우리는 전기를 이용해서 어둠을 밝히기도 하고 여러 가지 장치를 움직이기도 해."

프릴라는 여전히 멍한 표정이었다. 유안은 다시 설명하려다가 고개를 절레절레 흔들었다. 말도 안 통하는데, 더 자세히 설명하는 건 무리 같았다. 하지만 태유는 포기하지 않고 영상을 하나 찾아 띄웠다. 어두운 하늘에 번개가 번쩍이는 영상이었다. 생생한 영상과 소리를 접하자 프릴라는 움찔했다.

"번개 알지? 번개가 바로 전기에 의한 현상이야. 우리는 이런 전기를 생산해서 이곳저곳에 이용하지."

태유가 번개와 조명을 번갈아 가리키며 말했다. 뜻이 통했는지는 알 수 없었다. 하지만 태유는 몸짓을 동원해 설명을 이어 갔다.

"전기는 금속 같은 도체를 통해 전달이 돼. 전기가 통하지 않는 물질도 있는데, 그런 건 부도체라고 하지. 하지만 아무리 도체라고 해도 저항이 있어. 음… 저항은 전기의 흐름을 방해하는 성질이야. 저항이 크면 그만큼 전기에너지가 열 같은 형태로 날아가 버려.

그런데 전기저항이 0인 물질도 있어. 그런 걸 초전도체라고 해. 초전도체를 쓰면 전기를 손실 없이 보내거나 저장할 수 있지. 요즘에는 웬만한 곳에 다 초전도체를 쓰고 있어.

옛날에는 초전도체가 없어서 전기에너지를 많이 낭비했대. 아니, 정확히 말해 초전도체가 있기는 했어. 그런데 아주 낮은 영하의 온도에서만 전기저항이 0이었어. 그래서 일상에서 사용하기는 어려웠는데, 오랜 연구 끝에 드디어 상온에서도 작동하는 초전도체를 발견한 거야."

"아, 잠깐만."

말이 길어지자 유안이 끼어들었다.

"말도 안 통하는데, 그렇게 어려운 얘길 하면 어떡해."

"아, 미안. 내가 워낙 옛날 얘기를 좋아하다 보니…."

"일단 로비가 통역이 가능해질 때까지 말을 많이 시켜 보자고."

유안과 태유는 프릴라에게 우주선을 구경시켜 주었다. 프릴라는 놀라운 표정을 감추지 못하고 계속해서 뭔가 중얼거렸다. 소리와 영상이 나오는 화면, 자동으로 요리가 나오는 음식 제조기, 자동 샤워기 등을 보며 감탄하는 모습을 보니 유안은 정말 태유의 말처럼 프릴라가 다른 세계에서 온 걸지도 모른다는 생각이 들었다.

"정확한 해석은 아직 어렵지만, 대략 마법을 쓰지 않고 이런 일이 가능하다는 데 놀라고 있는 것 같습니다."

로비의 설명이었다.

무엇보다도 프릴라는 자신이 별들 사이의 공간에 있다는 사실에 가장 큰 충격을 받은 듯했다. 우주여행은 마법으로도 할 수 없는 일인 모양이었다.

'아니, 내가 무슨 생각을 하는 거야? 진짜 마법 세계에서 온 애일 리가 없잖아!'

유안은 자기 머리를 콩 때렸다.

어쨌거나 프릴라는 꽤 안정을 되찾은 모양이었다. 우주선 곳곳을 돌아다니며 계속 알 수 없는 말을 중얼거렸다. 로비는 그런 프릴라를 쫓아다니며 계속해서 언어 데이터를 수집했다. 안전을 위해 수상한 사람을 감시하려는 목적도 물론 있었을 것이다.

그러는 사이에 초신성 폭발 관람 이벤트는 끝이 났다. 모든 우주선은 주최 측의 안내를 받아 안전한 구역까지 이동한 후 각자의 항성계로 돌아갔다.

유안과 태유의 우주선도 일단 집이 있는 항성계로 향했다. 다행히 프릴라는 아무런 말썽을 피우지 않았지만, 모르는 사람을 태우고 간다는 사실에 겁이 난 유안은 부모님께 연락했다.

우주항에 내린 유안과 태유, 프릴라는 곧바로 은하연방경찰의 조사를 받았다. 하지만 거기서도 프릴라의 정체를 밝혀내지는 못했다. 그 어떤 항성계에도 프릴라라는 여자아이는 존재하지 않았다. 결국 정부는 프릴라를 보호시설에 수용하기로 결정했다.

"그건 안 돼요! 프릴라는 제 소환 마법으로 다른 세계에서 온 사람이라고요! 저희가 데리고 있으면서 돌려보낼 방법을 찾아야 해요!"

태유가 주장했지만, 당연히 허튼소리로 치부됐다. 하지만 프릴라가 알 수 없는 언어를 쓰는 건 엄연한 사실이었고, 또다시 낯선 곳으로 끌려가는 것을 극렬히 거부하자 유안의 부모님이 나섰다.

"아직 어린 아이 같으니 저희가 책임을 지고 당분간 데리고 있겠습니다.”

다행히 정부에서도 받아들여 프릴라는 유안의 집에 머물게 됐다. 물론 만일의 사태에 대비해 정부 요원이 근처에서 철저하게 감시할 예정이었다.

“엄마, 모르는 애를 집에 데리고 있어도 돼요?”

당황한 유안이 엄마에게 속삭였지만, 오히려 엄마는 태연했다.

“네가 저지른 일이니 네가 책임을 져야지. 로비도 함께 있을 테니 별일이야 있겠냐. 어차피 방학이니까 잘 데리고 있으면서 말을 좀 가르쳐 봐.”

그렇게 해서 프릴라는 유안의 집에 한동안 머물게 됐다. 신이 난 건 태유였다. 마법을 제대로 익힐 기회가 왔다며, 허구한 날 이상한 마법책을 잔뜩 가져와 유안의 집에서 살다시피 했다.

유안은 태유가 프릴라를 붙잡고 되도 않는 마법 이야기를 늘어놓을 때마다 질색했다. 하지만 프릴라가 그때만큼은 뭔가 아는 듯이 활발하게 떠드는 것도 사실이어서 딱히 뭐라 할 수가 없었다. 로비는 로비대로 프릴라의 일거수일투족을 감시하며 언어 데이터를 수집했다.

그렇게 며칠 정도 지나자 셋은 로비의 통역을 통해 조금씩 대화를 나눌 수 있었다. 프릴라도 생각보다 빨리 말을 배웠다.

“정말로 다른 세계에서 온 거란 말이야?”

말이 통하게 되자마자 고향에 관해 물어본 유안은 프릴라의 대답을 듣고 깜짝 놀랐다. 태유의 마법이 통했으리라고는 한 번도 생각해 본 적이 없었다. 태유는 기세등등했다.

"거봐. 내가 소환한 게 분명한 듯! 으하하! 성공이다!"

"조용히 좀 있어 봐. 얘기를 들어 보자고."

"나는 세상에서 가장 ○○○ 왕국인 크라카토 왕국의 왕립 마법 아카데미에서 마법을 공부하고 있는 프릴라. 나름대로 ○한 ○○이라고 인정받고 있지. 한동안 세상은 평화로웠어. 그런데 어느 날 아카데미 출신의 가장 뛰어난 마법사 하셀리온이 왕국을 차지하겠다고 ○○을 일으키면서 세상이 혼란에 빠졌다. 몇 년 동안 ○○한 전쟁이 벌어졌고, ○○○ 우리는 하셀리온과 치열한 싸움을 벌이고 있어. 중요한 전투를 코앞에 둔 어느 날, 아직 어려서 진짜 전투에 참가할 수 없었던 나는 ○○○를 위한 치유 마법에 매진하고 있었어. 그때 갑자기 하셀리온이 우리를 기습해 왔어. ○○○한 마법까지 쓰면서 말이지. 하셀리온의 마법으로 주위가 ○○ 어지러운 가운데 갑자기 세상이 뒤흔들렸어…. 난 어느 순간 ○○을 잃었는데, 깨어나 보니 이곳이었지. 정확하게는, 별 사이에 떠 있는 이상한 방."

로비는 아직 정확히 알지 못하는 단어를 비워 둔 채 통역했다. 유안과 태유는 입을 떡 벌린 채 프릴라의 이야기를 듣고 있었다.

'이거 둘이 짜고 지어낸 이야기 아니야? 태유 입맛에 너무 딱 맞잖아!'

유안의 머릿속에는 먼저 이런 생각이 떠올랐다.

조광속 통신 vs. 공간이동 마법

프릴라가 어디서 온 사람인지 찾으려는 시도는 모두 실패로 돌아갔다. 정부에서는 은하계의 다른 모든 정부에 연락했지만, 프릴라와 같은 사람은 존재하지 않았다.

그동안 프릴라는 유안의 집에 머물며 마치 어린아이처럼 모든 것을 배웠다. 언어부터 시작해서 생활 습관, 하다못해 화장실 사용법까지 배워야 했다.

"마법을 쓰지 않고도 이런 편리한 일이 가능하다니 대단해."

어느덧 프릴라의 말은 꽤 자연스러워졌다.

"당연하지. 난 왕립 아카데미에서 우수한 학생이었다고."

급기야 프릴라는 유안과 함께 학교까지 다니기 시작했다. 엄밀히 말하면, 학교에 가는 게 아니라 집에서 원격으로 함께 수업을 듣는 것이었지만.

유안의 부모님은 교육이 기억을 되살릴지 모른다며 프릴라의 공부를 아낌없이 지원했다. 어쩌면 유안을 위해서일지도 몰랐다. 유안은 형제자매도 없고 태유 외에는 친구도 없이 혼자 과학책과 강연에만 빠져 있었다. 프릴라는 그런 유안의 삶을 바꿀 계기가 될 수도 있었다.

유안 스스로도 부모님의 걱정이 이해는 됐다. 과학에 푹 빠진 유안의 친구라고는 마법에 푹 빠진 태유뿐이었으니까. 참으로 이상한 조합이었다.

"그러니까 제발 진짜 마법 좀 한 번만 보여 주면 안 돼?"

태유는 한참 전부터 프릴라에게 진짜 마법을 가르쳐 달라 조르고 있었다. 마법 따위는 말도 안 된다고 생각하는 유안도 내심 프릴라가 마법을 쓸 수 있는지 보고 싶었다. 마법 왕국에서 소환되어 온 게 진짜라면 마법을 쓸 수 있어야 하지 않나?

하지만 프릴라는 시무룩한 표정을 지었다.

"전에도 말했듯이 이곳에 온 뒤로 마법이 전혀 통하지 않아. 간단한 마법도 쓸 수가 없어. 어서 우리 세계로 돌아가는 마법을 찾아내야 하는데, 이래서야…"

급기야 프릴라는 울음을 터뜨렸고, 유안과 태유는 안절부절못하며 달래야만 했다.

프릴라는 언제나 자신의 세계를 그리워하고 걱정하는 듯 보였다. 가족, 친구와 모두 떨어져 낯선 세상에 놓인다면 당연히 그럴 만했다. 게다가 그 모습이 너무 진심으로 보여서 유안이 생각하기에도 마법 세계니 어쩌니 하는 게 도무지 지어낸 이야기 같지 않았다.

유안은 가끔 프릴라가 태유에게 설명하는 마법 원리를 귀 기울여 듣곤 했는데, 같은 내용을 여러 번 설명할 때도 항상 일관적이었다. 만약 마음대로 지어낸 거라면 그때그때 다를 법도 한데, 절대 그렇지 않았다.

'그렇다면 설마…'

유안은 너무나 진지한 표정으로 자신이 살던 세계에 관해 이야기하는 프릴라를 보며 생각했다.

'…제대로 미친 건가? 그래. 기억을 잃고 망상에 빠져 있는 게 틀림없어.'

하지만 그럴 리가 없었다. 뇌에 문제가 생겨도 나노봇과 컴퓨터 칩 이식으로 완벽하게 치료할 수 있게 된 게 벌써 오래전이었다.

'어려서 부모님을 잃고 치료를 못 받은 걸까?'

그런 유안의 생각을 아는지 모르는지 프릴라는 신기한 과학 문명에 빠져들었다가 마법 세계를 그리워하며 울다가 하는 생활을 반복했다.

평생 마법 원리를 공부했던 탓인지 프릴라는 모든 과학기술을 마법으로 설명하려고 애를 썼다. 예를 들어 냉장고는 냉각 마법이 걸린 보관소로 이해했고, 은하 네트워크에 올라온 모든 프로그램을 볼 수 있는 TV는 공간 투사 마법으로 해석했다. 유안이 TV에서 보여 주는 모습의 상당수는 컴퓨터로 만든 가상의 이미지라는 사실을 알려 주자, 프릴라는 환영 마법으로도 비슷한 일을 할 수 있다고 말했다.

어쨌거나 TV는 유용한 도구였다. 프릴라는 TV가 뿌려 주는 입체 영상을 오래 들여다보면서 세상에 대한 지식을 넓혀 갔다.

"저 사람들이 지금 어디에 있는 거라고?"

어느 한 행성에서 벌어지는 사건에 관한 뉴스를 보던 프릴라가 물었다. 유안이 행성 이름을 검색해 보고는 대답했다.

"음, 가이수스 항성계의 매컬란 행성이니까 여기서 약 230광년 떨어진 곳이야."

"230광년? 그게 얼마나 먼 거야?"

"광년은 빛이 진공 속에서 1년 동안 움직이는 거리를 말해. 230광년 떨어져 있다는 건 빛의 속도로 230년 동안 가야 한다는 소리야."

프릴라의 눈이 휘둥그레졌다.

"뭐라고? 설마 저게 수백 년 전에 일어난 일이라는 거야? 아니면, 여기서도 마법을 쓰는 자가 있다는 소리야?"

유안은 답답했지만, 자신이 아는 대로 차근차근 설명했다.

"어, 이걸 이해하려면 우주의 한계 속도를 이야기해야 하는데…. 일단 빛은 우주에서 가장 빠른 존재야. 우리 눈에 보이는 빛은 사실 전자기파의 일부를 말하지. 오랜 옛날에는 사람들이 전자기파를 이용해서 통신했대. 그때는 먼 곳에 신호를 보내는 데 시간이 아주 오래 걸릴 수밖에 없었어. 매컬란 행성처럼 230광년 떨어진 곳까지 신호가 가려면 230년이 걸리니까. '안녕'이라고 한마디 하고 대답을 들으려면 460년이 걸리는 거야."

"헉, 아무리 장수 마법을 수련해도 그렇게 오래 살 수는 없어."

"마, 맞아….'

장수 마법이란 게 있을 것 같지 않지만, 유안은 일단 고개를 끄덕이며 말을 이었다.

"그때는 사람이 우주에 널리 퍼져 살 수도 없었어. 그래서 태양계 안에서만 겨우 살았나 봐."

"태양계?"

"사람이 처음 태어난 행성인 지구가 있는 항성계야."

"그럼 우리 크라카토 왕국도 태양계에 있는 걸까?"

"그, 그건 모르겠는데…. 하여튼 그러다가 초광속 통신 기술이 개발된 거야. 빛보다 빠른 속도로 통신할 수 있게 해 주는 기술이지. 그리고 나중에는 초광속 여행 기술까지 나와서 지금처럼 우리가 은하계 곳곳에 퍼져 살 수 있게 된 거야."

프릴라가 생각에 잠기며 중얼거렸다.

"음, 그렇다면 포털을 이용한 공간이동 마법과 같은 걸까나…."

"그렇지, 바로 그거야!"

"으악! 깜짝이야!"

갑자기 등 뒤에서 태유의 목소리가 들려서 유안은 화들짝 놀랐다.

"뭘 그리 놀라. 아까 로비가 열어 줘서 들어왔어. 오늘은 내 소환 마법을 되돌릴 수 있는 실마리를 찾아왔다고."

뒤의 말은 프릴라를 향한 것이었다. 태유는 가져온 태블릿을 이용해 허공에 현란한 마법책 이미지를 마구 투영했다.

"내가 곰곰이 생각해 봤는데 말이야, 그간 몇백 번은 시도했던 내 소환 마법이 처음으로 작동한 건 때마침 있었던 초신성 폭발하고 관련이 있는 듯. 안 그래?"

"초신성? 그게 어떻게…?"

유안이 의심스러워하는 표정으로 말했다.

"초신성 폭발 때 나온 강한 중력파가 우리를 지나갔잖아. 그게 내 마법에 효력을 부여한 듯. 이 책을 봐 봐."

태유가 마법책 영상을 빠르게 넘기며 여러 그림과 문구를 보여 주었다. 프릴라는 진지한 표정으로 태유가 가리키는 것들을 살펴 보았다.

"우리의 마법 체계와는 조금 다르지만, 공간의 왜곡과 관련이 있는 건 맞는 것 같아. 조금만 더 자세히 보여 줘."

태유는 또 신이 나서 프릴라와 둘이 떠들기 시작했다. 유안은 한숨을 쉬며 고개를 돌렸다. 관심도 없고 알아들을 수도 없는 말에 귀를 기울이고 싶지 않았다. 유안은 프릴라가 보던 뉴스 채널로 시선을 돌렸다.

때마침 뉴스에서는 펜로즈 프로젝트에 관한 소식이 흘러나오고 있었다. 그동안 프릴라 때문에 정신이 없어 소식을 챙기지 못했던 유안은 관심을 갖고 뉴스를 보았다.

지난번 블랙홀 제작 실험이 성공적이었으니 다음에는 계획대로 더 큰 블랙홀을 만들고 실제로 에너지까지 생산해 내는 실험을 시도하겠다는 내용이었다. 다음 실험의 책임자로 임명된 과학자가 계획을 설명하는 입체 영상이 떠올랐다.

태유와 프릴라가 떠드는 소리 때문에 말을 알아들을 수가 없어서 유안은 소리를 키웠다. 가만히 들어 보니 그 사람은 최근에 웜홀에서 튀어나오기라도 한 듯 갑자기 나타나 급부상한 과학자였다. 이름은 노바. 잠깐 검색해 보니 뛰어난 발상으로 펜로즈 프로젝트에 중요한 기여를 했다고 했다.

"…이와 같은 이론을 접목하면 끌어낼 수 있는 에너지의 양을 극대화할 수 있으며, 향후….."

노바는 대과학자치고는 젊어 보였다. 인상은 부드러웠고, 눈은 반짝였으며, 목소리도 차분하고 매력적이어서 그가 뭐라고 말하든 자연스럽게 설득될 것만 같았다. 유안은 자신감으로 빛나는 노바의 얼굴을 감탄에 차 바라보았다.

"야, 소리 좀 줄여 봐. 대화에 방해되는 듯!"

태유가 유안에게 소리쳤다. 유안이 한숨을 쉬며 소리를 줄이려는데, 멍하니 유안 쪽을 쳐다보는 프릴라의 얼굴이 보였다.

프릴라의 얼굴은 놀라는 표정에서 서서히 겁에 질린 표정으로 바뀌었다. 유안은 의아했다. 프릴라가 손가락으로 유안 쪽을 가리켰다.

"나?"

유안이 자신을 손가락을 가리키며 물었다. 하지만 자세히 보니 프릴라의 시선은 유안의 뒤쪽으로 가 있었다. 그곳에는 노바의 입체 영상이 떠올라 있었다.

프릴라의 입이 벌어지더니 비명에 가까운 소리가 터져 나왔다.

"하, 하, 하셀리온!"

신성처럼 나타난
스타 과학자

"뭐, 뭐라는 거야?"

"하셀리온! 하셀리온이 여기 어떻게…?"

노바를 가리키며 중얼거리는 프릴라의 얼굴은 사색이 되어 있었다. 유안과 태유는 영문을 몰라 프릴라를 일단 진정시키려고 했다. 하지만 프릴라는 흥분을 거두지 않은 채 두 사람을 돌아보며 외쳤다.

"저게 하셀리온이라고!"

유안과 태유가 서로 마주 보았다. 그러고는 동시에 고개를 흔들었다.

"하셀리온이라면 너희 세계에 있다는 무슨 악당 마법사를 말하는 거야? 에이, 무슨 소리야. 저 사람은 노바라고 하는 과학자야. 그냥 얼굴이 닮은 거겠지."

유안이 말했다.

"아니야. 저 얼굴은 절대 잊을 수가 없어. 목소리도 하셀리온이 맞아. 하셀리온이 타락하기 전에, 비록 멀리서지만 들어 본 적이 있다고."

"흠, 그런데 생각보다 잘생기고 착해 보이는 듯? 나쁜 사람 같지 않은데…."

태유가 눈치 없이 중얼거렸다.

"저 선량해 보이는 얼굴 뒤에 얼마나 사악한 마음이 숨어 있는지 알아? 저 겉모습에 속아 죽은 사람이 몇 명인지 알기나 해? 하셀리온은 끔찍한 인간이야. 직접 사람을 죽이는 일은 흔치 않지만, 일단 죽이겠다고 마음먹으면 그 사람의 눈을 똑바로 들여다보면서 처치한다고. 생명이 빠져나가는 순간을 즐기는 거야."

프릴라가 몸을 부들부들 떨면서 말했다. 태유는 머쓱한 표정으로 입을 다물었다. 그사이에 유안은 노바에 관한 여러 가지 정보를 검색해 허공에 띄웠다.

"잘 봐, 프릴라. 노바는 과학자이지 마법사 같은 게 아니야. 얼마 전부터 두각을 나타내기 시작한 과학계의 신성이라고. 이론물리학과 천체물리학, 각종 공학 분야에서 천재적인 연구를 해 오고 있어. 이런 사람이 악당 마법사일 리 없잖아."

프릴라는 아무 말이 없었다.

"난 애초에 네가 마법 세계에서 소환됐다는 것도 믿지 않아. 그러지 말고 우리 병원에 가서 진찰을 한번 받아…."

그때 태유가 머리를 긁으며 끼어들었다.

"근데 이 사람 과거가 수수께끼인 듯? 여기 봐 봐."

태유가 보여 준 건 과학계의 떠오르는 스타를 다룬 몇몇 뉴스였다. 뉴스에 따르면, 노바가 신성처럼 등장한 지는 불과 일 년도 채 되지 않았다. 그 전의 행적은 베일에 싸여 있었다.

태유가 그중 한 영상을 띄웠다. 허공에 노바의 모습이 나타났다. 인터뷰 영상 속 노바는 편안하게 앉아서 미소 띤 얼굴로 이야기하고 있었다.

"저는 밀무역에 종사하던 부모님의 자식으로, 우주선에서 태어났습니다. 어느 정부에도 등록이 되지 않아서 얼마 전까지 혼자 이곳저곳을 떠돌아다니며 살았지요. 혼자 공부하던 과학만이 유일한 낙이었습니다. 그러다가…."

"이것 봐! 노바가 과학계에 등장한 시기가 프릴라가 나타난 것보다 조금 늦어."

태유가 흥분한 목소리로 끼어들었다. 하지만 유안은 고개를 흔들었다.

"태유 너까지 프릴라랑 똑같은 소리를 하는 거야? 저게 하셀…
어쩌고라고? 말도 안 돼. 설령 마법 세계에서 우리 세계로 날아왔
다고 해도 몇 달 만에 저렇게 뛰어난 과학자가 될 수는 없어. 프릴
라도 이제야 겨우 말이 통하는걸."

유안은 프릴라를 향해 덧붙였다.

"넌 현대 과학이 얼마나 어려운지 모를 거야. 저런 과학자가 되
려면 어렸을 때부터 정말 열심히 공부해야 한다고. 아무리 머리가
좋아도 마법사가 몇 달 만에 과학자가 될 수는 없어."

"하지만 넌 하셀리온이 얼마나 머리가 좋은지 모를 거야. 수백
년 동안 풀리지 않던 현실 조작 마법의 비밀을 불과 몇 년 만에 거
의 풀어낼 뻔한 사람이라고. 물론 그러다가 타락한 마법사가 되어
서 세상을 혼란에 빠뜨리긴 했지만…"

프릴라의 주장을 들은 유안의 부모님은 뜻밖의 제안을 했다.

"네? 사이언티피아에 다녀오라고요?"

"그래. 프릴라가 여기서 누군가의 얼굴을 알아본 건 처음이잖
아? 그 사람이 진짜 마법사가 아니라고 해도 기억을 되찾는 데 실
마리가 될 수는 있겠지. 그리고 넌 예전부터 사이언티피아에 가

보고 싶어 하지 않았어?"

"그, 그렇긴 하지만…."

사이언티피아는 은하계에서 과학 연구가 가장 활발하게 이루어지는 행성이었다. 그곳에 가면 길에서 마주치는 사람의 절반 이상이 자기 분야에서 유명한 과학자라고 할 정도였다. 유안은 사이언티피아에 가 볼 수 있다는 생각에 갑자기 심장이 두근거렸다.

"어때? 로비와 함께 방학 체험학습을 다녀오는 거야. 하지만 이번에는 프릴라처럼 처음 보는 사람 데려오면 안 돼!"

부모님은 뒷부분을 강조해서 말했다. 그 점에 관해서만큼은 유안도 같은 생각이었다.

하지만 의외로 프릴라가 반대하고 나섰다.

"하셀리온이 있는 곳으로 가자고? 미쳤어? 난 그런 짓은 못해. 하셀리온은 대마법사고 나는 마법 학교 학생일 뿐이야. 상대도 되지 않아."

프릴라의 고집을 꺾는 데만 며칠이 걸렸다. 태유까지 가세해서 설득한 뒤에야 프릴라는 사이언티피아에 가기로 했다.

"그런데 하셀리온이 네 얼굴을 알아?"

"아, 아니… 그건 아니지만…."

"그럼 상관없잖아?"

태유의 지적이 결정적이었다. 그래도 프릴라는 하셀리온 근처

까진 가지 않겠다는 조건을 걸었다.

우주선이 초공간 도약을 마치고 우주 공간으로 빠져나오자 화면에 밝은 별 하나가 나타났다. 사이언티피아의 모성인 케플러였다.

"별 이름이 사람 이름 같네?"

프릴라가 물었다.

"그야 케플러라는 사람 이름을 딴 거니까. 옛날 과학자인데… 로비?"

유안이 대답하다가 로비에게 공을 넘겼다.

"요하네스 케플러는 과거 지구에 살았던 과학자입니다. 행성 운동의 법칙을 알아냈습니다. 케플러의 행성 운동 법칙, 첫째, 행성은 모항성을 한 초점으로 하는 타원 궤도를 그리며 공전한다. 둘째, 항성과 행성을 연결하는 가상의 선분이 같은 시간 동안 쓸고 지나가는 면적은 항상 같다. 셋째, 행성의 공전주기의 제곱은 궤도의 긴반지름의 세제곱에 비례한다…."

"이 세계에서는 과거에 유명했던 과학자를 기려서 별 이름을 붙이는구나. 우리도 과거의 대마법사들을 그렇게 예우해."

프릴라가 고개를 끄덕이며 말했다.

"너희 세계에도 천문학자가 있어?"

태유가 반가워하며 물었다.

"천문학자?"

"우주를 연구하는 사람 말이야."

"천상계를 연구하는 마법사들이 있지. 천상계의 운동은 지상에도 영향을 끼치거든. 그 영향을 고려해야 마법을 효율적으로 쓸 수 있어. 들어 보니 저 케플러라는 사람의 천구 이론은 참 독특하네. 천구가 타원이라니. 우리 아카데미 교수들이 흥미로워하겠어."

프릴라는 여전히 과학과 기술의 결과물을 볼 때 항상 마법에 빗대 생각했다. 아무래도 평생의 사고방식을 바꾸기는 어려운 듯했다.

'저런 걸 보면 노바가 프릴라처럼 마법 세계에서 온 사람일 리 없어. 역시 말도 안 돼.'

사이언티피아에 착륙한 셋은 부모님이 예약해 준 호텔에 들어갔다. 여기까지는 다행히 아무 문제도 없었다. 프릴라도 사이언티피아의 풍경을 넋 놓고 구경하느라 별다른 고집을 부리지 않았다.

직접 와 본 사이언티피아는 정말 대단했다. 이곳의 과학기술은 은하계의 어느 곳보다도 한 차원 더 높았다. 행성 전체가 기계로 덮여 있었고, 모든 환경이 인공적인 조작의 결과였다. 주요 건물은 반중력 장치로 허공에 떠 있었고, 그때그때 위치를 옮겼다. 유안과 태유에게 처음 보는 풍경은 아니었지만, 이렇게 거대한 규모의 도시가 오직 과학기술에 의해 정교하게 돌아가는 모습은 장관이 아닐 수 없었다.

"이곳의 마법력은 다른 곳보다도 더 대단하네."

프릴라조차도 이렇게 말할 정도였다.

유안은 먼저 자신의 욕심부터 채웠다. 태유와 프릴라를 끌고 이곳저곳에 있는 과학관과 재미있어 보이는 과학 강연을 찾아다닌 것이다.

그러는 동안에 혹시 프릴라에게 변화가 생기는지 관찰했지만, 그런 건 없었다. 어느 곳을 가도 프릴라가 뭔가 알아본다거나 하는 일은 일어나지 않았다.

'어떻게 노바의 얼굴만 알아본 거지? 정말로 노바가 하셀리온인 걸까? 설마….'

예정된 체류 기간은 그렇게 끝나 가고 있었다. 프릴라는 군소리 없이 따라다니면서도 노바 얼굴이 영상으로 보이기만 하면 질색을 하고 피했다. 떠오르는 스타 과학자인 노바의 얼굴은 사실상 사이언티피아 어디를 가도 입체 영상으로 불쑥 튀어나오곤 했다.

그러던 와중에 한 가지 소식이 눈에 띄었다. 노바가 대중 강연을 연다는 광고였다. 유안은 잘됐다 싶어 태유와 프릴라에게 미리 알리지 않고 예약해 버렸다.

당일이 되자 유안은 아무 말 없이 태유와 프릴라를 이끌고 강연장으로 향했다.

"여긴 왜 이리 하셀리온의 얼굴이 많이 보이는 거야? 무섭단 말이야."

프릴라가 불안한 표정으로 말했다.

"워낙 스타니까 그렇지, 뭐."

유안은 애써 태연한 척 말했다. 그런데 강연장에 도착하자 태유가 눈치 없이 큰 소리로 떠들었다.

"어? 노바가 대중 강연을 하는 듯? 이거 들으러 온 거야?"

입구로 들어가려던 프릴라가 그 말을 듣고 멈칫했다.

"정말이야? 하셀리온을 보러 온 거라고? 안 돼!"

프릴라가 겁에 질린 표정으로 사방을 두리번거렸다. 온 사방에 노바의 입체 포스터가 도배되어 있는 모습을 보고는 얼굴이 새파랗게 질렸다.

"안 돼! 도망쳐야 해!"

프릴라가 뒤로 돌아 달려가기 시작했다.

"잠깐! 기다려!"

유안이 놀라서 프릴라를 잡으러 달려갔다. 프릴라가 앞도 제대로 보지 않고 달려가다가 누군가와 부딪히는 모습이 보였다. 바닥에 넘어진 프릴라를 누군가가 일으켜 세우고 있을 때 유안과 태유가 도착했다.

"프릴라! 그렇게 가 버리면 어떡해? 큰일 날 뻔했잖아."

"괜찮을 겁니다. 친구들인가요?"

부딪힌 사람이 프릴라를 부축하며 말했다. 큰 키에 긴 갈색 머리, 부드러운 갈색 눈동자. 유안은 깜짝 놀랐다. 그는 바로 노바였다!

"노, 노바!"

"저를 아시나요?"

노바가 부드럽게 웃으며 말했다. 넋이 나간 듯 과학계의 스타를 바라보던 유안은 문득 프릴라에게 생각이 미쳤다. 고개를 돌리자 하얗게 질려 부들부들 떠는 프릴라의 모습이 보였다. 곧 프릴라가 엄청나게 큰 소리로 비명을 질렀다.

"끼야아아아악!"

그러고는 노바의 손을 뿌리치고는 허겁지겁 도망쳤다.

"프릴라!"

유안과 태유는 또다시 프릴라를 쫓아 달려가야 했다. 그 모습을 의아하게 지켜보던 노바의 눈이 순간적으로 빛났다.

"프릴라!"

유안과 태유는 간신히 프릴라를 따라잡았다. 둘에게 붙잡힌 프릴라는 불쌍할 정도로 덜덜 떨고 있었다.

"빠, 빨리 도망쳐야 해. 도망⋯."

"아, 알았어. 빨리 여길 떠나자."

프릴라가 너무 큰 충격을 받은 것 같아서 유안은 일단 집으로 돌아가기로 했다.

우주선을 타고 초공간 도약을 한 뒤에야 프릴라는 어느 정도 진정이 되었다.

"하셀리온을 그렇게 코앞에서 보다니⋯. 심장이 멎는 줄 알았어⋯."

"미안. 그렇게까지 무서워할 줄은 몰랐어. 일단 집에 가서 좀 쉬자."

유안이 사과했다.

"그게 정말 하셀리온이라면 어쩌지? 대체 무슨 수작을 부리려는 걸까?"

유안은 눈치도 없이 떠드는 태유가 못마땅했다. 옆구리를 쿡 찔렀지만, 태유는 아랑곳하지 않고 계속 말했다.

"만일의 경우도 생각해 봐야 할 듯! 만약에 프릴라가 우리 세계로 올 때 하셀리온도 함께 온 거라면? 하셀리온이 뛰어난 과학자가 된 건 그냥 우연일까? 아니면 무슨 계획이 있는 걸까?"

유안은 말문이 막혔다. 태유까지 망상에 빠져 버린 걸까? 설령 그렇다 해도 뭘 어떻게 할 수가….

그때 우주선이 덜컹거렸다.

"로비, 무슨 일이야?"

"알 수 없는 우주선이 우리를 추적하고 있습니다. 그쪽에서 발사한 해킹빔 때문에 우주선이 오작동하고 있습니다. 다음 공간 교차점에서 우주 공간으로 빠져나가게 됩니다."

여느 때와 다름없는 차분한 목소리였지만, 내용은 전혀 평범하지 않았다. 초공간 도약 중에 사고가 생겨 비정상적으로 튕겨 나간 우주선이 사라져 버리는 사건은 종종 일어났다.

유안이 뭐라고 하기도 전에 우주선이 또다시 덜컹거렸다. 태유와 프릴라가 비명을 지르는 가운데 로비의 목소리가 들렸다.

"모두 의자에 몸을 고정하십시오. 곧 초공간 도약이 해제됩니다."

세 사람이 간신히 의자에 앉자마자 비상용 안전 거품이 새어
나오며 몸을 감쌌다. 안전 거품이 몸을 완전히 감싸서 고정하자마
자 우주선이 격렬하게 회전하기 시작했다.

주격자들

    유안은 비명을 질렀지만, 얼굴까지 뒤덮은 거품 때문에 소리가 멀리 퍼지지 않았다. 얼마 뒤 진동이 조금 누그러지자 로비의 목소리가 들렸다.

    "초공간에서 빠져나왔습니다. 현재 위치 파악 중…. 위치 파악 완료! 초광속 구조 신호 송신!"

    유안은 안도의 한숨을 내쉬었다. 일단 무사히 우주 공간으로 빠져나오는 데는 성공한 것 같았다. 하지만 곧 이어진 말에 유안은 다시 겁이 나기 시작했다.

    "초광속 구조 신호 송신 실패! 상대가 신호를 교란하고 있습니다. 우주선 상태 점검 시작합니다."

'이게 도대체 무슨 일이야? 태유랑 프릴라는 괜찮을까?'

로비가 계속 상황을 보고했다.

"상태 점검 15퍼센트 진행…. 28퍼센트 진행…. 잠시 중단합니다. 정체불명의 우주선이 나타났습니다. 초공간에서 우리에게 빔을 발사해 해킹을 시도했던 우주선이 따라온 모양입니다. 통신 시도합니다. 여기는 민간인이 탑승한 개인 우주선입니다. 신분과 용무를 밝히기 바랍니다."

뒷부분은 상대 우주선에게 보내는 메시지였다. 유안은 두근거리는 가슴을 진정시키며 답을 기다렸다.

그러나 답은 오지 않았다. 그 대신 '삐― 삐―' 하는 소리가 들리더니 우주선이 급격히 가속하는 게 느껴졌다. 거품 안에서 느끼는 게 이 정도라면 실제 우주선의 가속도는 엄청날 게 틀림없었다.

"상대 우주선이 미사일로 추정되는 물체를 발사했습니다. 회피기동 시작합니다!"

'미사일이라고? 미친 거 아니야?'

유안의 심장이 미친 듯이 빨리 뛰기 시작했다. 가만히 의자에 묶여 있을 수가 없었다.

"로비? 무슨 소리야? 미사일이라니! 이거 풀어 봐!"

거품에 갇힌 채로 발버둥 치며 소리 질렀지만, 로비는 언제나처럼 차분한 목소리로 말했다.

"안전을 위해 가만히 계시는 것을 추천합니다."

유안은 그러기 싫었다. 영문도 모른 채 꼼짝도 못 하고 미사일에 맞아 죽고 싶지는 않았다. 손가락에 힘을 주어 거품 막을 조금씩 찢어 내 팔을 움직여 보았다. 그렇게 만든 틈새로 몸을 비집고 나오자 갑자기 혼란스러운 우주선 내부 상황이 덮쳐 왔다.

로비는 조종 패널에 두 손을 접속한 채 우주선을 조종 중이었다. 우주선은 가속할 때마다 이리저리 휘청였고, 동체가 곧 부서지기라도 할 것처럼 삐걱거렸다.

유안은 비틀거리며 걸어가 태유와 프릴라의 거품 막을 찢었다. 곧 두 사람도 틈새를 비집고 빠져나왔다.

"유안아, 어떻게 된 거야? 미사일이라고?"

"응. 로비가 지금 미사일을 피해서 우주선을 조종하고 있어."

"미사일? 미사일이 뭐야?"

세 사람이 간신히 서서 이야기하는 순간, 우주선이 급강하했다. 셋은 천장으로 솟구쳤다가 다시 바닥으로 떨어졌다.

"으악!"

"켁!"

로비가 뒤를 돌아보며 외쳤다.

"지금 뭘 하는 겁니까? 당장 안전한 거품 속으로 들어가십시오.

당장!"

로비의 목소리는 평소와 달리 엄격했다. 피보호인이 위험한 일을 벌일 때 안전을 위해 강압적으로 지시하는 보호자 모드로 바뀐 모양이었다.

부모님에게 혼난 것처럼 유안이 쭈뼛거리는데, 갑자기 로비의 몸이 부르르 떨리더니 그대로 정지했다. 마치 전원이 나간 것처럼.

"왜 그러지?"

태유가 낮게 중얼거렸다. 로비가 정지하자 흔들리던 우주선도 평온해졌다. 그건 우주선이 가속을 멈추고 관성 비행을 하고 있다는 뜻이었다. 우주선이 같은 방향으로 그대로 움직인다면 그건….

"미사일!"

유안과 태유가 동시에 외쳤다. 그와 함께 '삐— 삐—' 하는 경보음이 다시 울렸다. 유안이 얼른 조종석으로 뛰어갔다.

"로비! 로비! 왜 그래?"

유안이 로비를 흔들어 보았지만, 로비는 전원이 완전히 끊겼는지 고철처럼 그대로 바닥에 쓰러졌다.

"어떡해! 미사일이 날아와!"

태유가 외치자 유안은 다급히 조종간을 잡았다. 다행히 조종하는 법은 알았다. 로비만큼 잘하지는 못했지만.

유안의 뇌가 조종 장치에 접속되면서 우주선 주변의 삼차원 공간이 머릿속에 펼쳐졌다. 매번 느끼는 신기함을 즐길 새도 없이, 뒤쪽에서 미사일로 보이는 형체 두 개가 똑바로 다가오는 게 보였다.

"꽉 붙잡아!"

유안이 외치면서 우주선의 방향을 틀었다.

"우와아악!"

태유와 프릴라가 비명을 지르면서 넘어졌다. 그래도 살기 위해서는 어쩔 수 없었다. 유안은 이를 악물고 미사일을 피하는 데 집중했다.

하지만 우주선을 아무리 이리저리 움직여도 훨씬 더 작고 기민한 미사일을 피할 수는 없었다. 미사일은 착실히 거리를 좁혀 왔다.

'미사일 뒤쪽에는 정체불명의 우주선까지 있을 게 분명해! 아, 어떡하지? 어떡하지?'

유안은 발을 동동 구르며 머리를 최대한 굴렸다. 유안이 탄 우주선에는 방어 수단이 없었다. 공격받을 일이 없는 개인 우주선에 그런 게 있을 리가!

퍼뜩 떠오른 생각에 유안이 태유를 향해 외쳤다.

"태유야! 화물칸에 뭐가 있는지 좀 봐 줘!"

"화물칸에? 갑자기 무슨 소리야?"

"아, 빨리 좀!"

상황이 상황이니만큼 태유는 더 이상 군소리하지 않고 패널에서 화물 목록을 검색했다.

"어… 음식 합성기 재료가 담긴 통하고, 너희 아버지가 실어 둔 운동 장비… 삼차원 하이퍼골프 치시는구나?"

"쓸데없는 소리 하지 말고!"

"1인승 바이크 두 대랑 운동 기구도 좀 있고, 각종 공구하고…."

그 정도면 될 것 같았다. 아니, 안 되어도 어쩔 수 없었다. 유안은 가속을 중단했다. 곧 우주선의 휘청임이 멈추고 잠잠해졌다.

"야, 미사일 안 피해?"

태유가 놀란 목소리로 물었다.

"기다려 봐."

유안의 머릿속에 펼쳐진 영상에서 미사일이 점점 다가오는 게 보였다. 관성 비행으로 바꾸자 미사일은 우주선을 빠르게 따라잡기 시작했다.

"유안아! 이러다 우리 다 죽어!"

태유가 외쳤다. 영문을 모르는 프릴라는 눈을 크게 뜨고 두 사람을 번갈아 쳐다보기만 했다.

"잠깐만!"

미사일이 점점 다가왔다. 유안은 심호흡을 한 뒤 외쳤다.

"곧 가속한다! 뭐든지 꽉 붙잡아!"

미사일이 거의 우주선 끝부분에 달라붙자 유안은 화물칸 문을 활짝 열었다. 화물칸에서 공기가 빨려나가면서 그 안에 있던 화물들도 함께 우주선 뒤쪽으로 날아갔다. 그와 동시에 유안은 우주선을 최대한 가속했다.

"우왁!"

"꺄악!"

얼마 뒤, 유안의 머릿속 영상에서 미사일의 형체가 사라졌다.

'성공인가?'

그런 생각이 든 순간 우주선이 큰 소리를 내며 격렬하게 흔들렸다. 뭐가 뭔지 알 수 없는 온갖 경보가 작동했다. 화물칸에서 내보낸 짐들에 미사일이 부딪혀 터진 것까지는 좋았는데, 파편 일부가 날아와 우주선에 맞은 모양이었다. 큰일이었다. 정체불명의 우주선은 계속 쫓아오고 있을 게 분명했다.

'이래서는 도망칠 수 없어.'

확인해 보니 이 항성계에는 사람이 사는 행성이 하나 있었다. 유안은 일단 그 행성을 향해 우주선을 전속력으로 몰았다. 도착하기 전에 따라잡히지 않기만을 바랄 뿐이었다.

그러나 행성 대기권에 들어가기 직전, 거의 따라잡히고 말았다.

뒤쪽에서 쫓아오는 우주선이 분명히 보였다.

"누구냐? 정체를 밝혀라!"

계속해서 통신을 시도해 보았지만, 상대는 대꾸가 없었다. 먼 우주로 보내는 초광속 구조 신호는 여전히 교란되고 있었다.

유안은 행성 대기권으로 진입했다. 서둘러 행성 정보를 띄워 보았는데, 하필이면 그곳은 개발이 덜 된 이른바 깡촌이었다. 마을 가까운 곳에 착륙해서 구조 요청을 해야 했지만, 우주선의 상태가 썩 좋지 않아 원하는 곳까지 갈 수 없을 것 같았다. 점점 동력이 떨어지고 있었다.

"으으, 불시착한다! 다들 준비해!"

우주선은 서너 번 정도 땅에 부딪히며 튀어올랐지만, 다행히 크게 손상되지 않고 황무지에 내려앉았다.

유안은 조종 장치와 접속을 해제하며 바닥에 주저앉았다. 온몸의 기운이 다 빠진 느낌이었다.

"유안아, 우주선이 쫓아오고 있어. 여기 그대로 있으면 안 될 듯?"

"그래. 일단 여길 벗어나자."

하지만 화물칸에 있던 무중력 바이크 두 대도 아까 날려 버렸다는 게 떠올랐다. 황무지를 걸어서 도망치는 수밖에 없었다.

유안과 태유는 아직도 어안이 벙벙한 프릴라를 데리고, 물과 비상식량처럼 도움이 될 만한 물건을 서둘러 챙겼다. 유안은 우주선을 두고 떠나면서 부모님에게 혼나겠다는 생각에 걱정이 되었다. 엉뚱한 일을 벌이지 말라는 당부를 받았는데, 우주선까지 고장 내다니. 하지만 누군지 모르는 이들로부터 공격을 받아 그렇게 된 것이니 엄밀히 말해 유안의 책임은 아니었다. 어쨌든 마을까지 걸어가서 도움을 요청하기만 하면 무사할 수 있을 것 같았다.

셋은 서둘러 우주선 밖으로 나왔다. 하늘을 올려다보니 쫓아오는 우주선이 작은 점으로 보였고 점점 커지고 있었다.

"빨리 가자."

세 사람은 마을이 있는 방향으로 달리기 시작했다. 하지만 1분도 채 되지 않아서 숨이 차 뛸 수가 없었다. 의외로 프릴라만 쌩쌩했다.

"뭐야, 저질 체력들. 우리 마법 학교에서는 체력 단련이 기본인데. 과학 학교에는 그런 것도 없냐?"

"과학 학교가 뭐야. 그냥 학교에서 과학을 배우는 거지. 그리고 우리도 체육은 있… 헉헉."

"일단 몸을 숨긴 뒤에 몰래 빠져나갈 방법을 찾아야겠어. 저쪽에 큰 바위가 많으니 저리로 가자."

아무 장비도 쓸 수 없는 황무지에 나오자 어쩐지 프릴라가 이끄는 모양새가 되어 버렸다.

"발자국을 지우면서 가야 해."

프릴라가 떨어져 있던 마른 나뭇가지를 들고 발자국을 쓸면서 말했다. 그 모습을 본 태유가 중얼거렸다.

"되게 능숙해 보인다."

"당연하지. 우리는 하셀리온의 군대와 몇 년이나 전투를 벌여 왔다고. 난 비록 후방에 있었지만, 기본적인 건 알아."

자신감 넘치는 프릴라의 말에 유안과 태유는 군소리 없이 지시를 따랐다.

정체 모를 우주선이 대기를 가르며 하강하는 소리가 들렸다. 이 미 꽤 멀리 떨어진 유안의 우주선 옆에 착륙하자마자 문이 열리며 사람들이 뛰어나왔다. 이들은 유안의 우주선을 포위한 채 조심스럽게 문 안으로 들어갔다.

세 사람은 멀리서 엎드린 채 그 모습을 지켜보고 있었다.

"어떤 자들일까?"

태유가 물었지만, 답은 아무도 몰랐다. 너무 멀어서 얼굴이나 옷차림도 보이지 않았다.

"우주 해적일까?"

유안이 중얼거렸다.

"우주 해적은 거의 소탕되었다고 들었는데. 게다가 이런 개인 우주선은 훔칠 게 없어서 공격하지 않는다고."

태유가 반박했다. 그때 프릴라가 심각한 표정으로 말했다.

"하셀리온이 보낸 자일지도 몰라. 아까 나를 보고 내가 마법 세계에서 왔다는 걸 눈치챈 게 분명해. 그자는 너희 상상 이상으로 눈치가 빠르고 머리가 좋다고!"

"설마…. 백번 양보해서 네 말이 맞는다고 해도 지금은 그냥 과학자 신분이야. 아무렇게나 나쁜 짓을 벌일 수는 없다고."

"넌 하셀리온을 몰라…. 어쨌든 바위 그늘을 찾아서 해가 질 때까지 대기한다."

유안은 어쩐지 프릴라의 말투가 군인처럼 바뀌었다는 생각이 들었다.

세 사람은 프릴라의 말대로 으슥한 곳에 숨어서 적의 동태를 살폈다. 누군지 모를 사람들은 포기하지 않고 사방으로 흩어져 수색하기 시작했다.

"조용히 하고 기다리자. 아까 거품 속에 갇혔을 때처럼. 그나저나 그 거품은 무슨 마법이야? 죽는 줄 알았네."

"우주선이 속도를 빠르게 높일 때 우리 몸을 보호하기 위해 덮는 거품이야. 그러지 않으면 몸이 그만한 가속도를 견딜 수 없거든."

태유가 대답했다. 그러는 와중에 추격자 몇몇은 유안 일행이 숨어 있는 곳 근처까지 다가왔다. 가까이 온 모습을 보니 사람이 아니라 로봇이었다. 산업용 로봇이 어울리지 않게 무기를 들고 사방을 둘러보고 있었다.

"사람이 아니라 골렘이었군! 역시 하셀리온이 보낸 게 틀림없어."

"골렘?"

"사람 모양의 물체에 마법을 부여해 움직이게 만든 거야."

프릴라의 말에 유안이 묻자 태유가 뽐내듯이 대신 설명했다.

"그래. 네게도 로비라고 부르는 골렘이 있잖아. 아니, 있었잖아. 아까 망가져 버린…."

"그건 골렘이 아니라 로봇… 아니 됐어. 말을 말자, 에휴. 그나저나 우리 슬그머니 도망을 치는 게 낫지 않을까?"

유안이 제안해 보았지만, 프릴라는 고개를 저었다.

그때 로봇이 있는 반대쪽에서 누군가 걸어오는 소리가 돌렸다. 조심스럽게 살펴보니 이번엔 진짜 사람이었다. 더러운 작업복을 입은 사람 한 명이 로봇 낙타를 끌고 유유자적 걸어오고 있었다.

반대쪽에서 로봇이 그 사람을 포착하고 무기를 겨누었다. 그 사람은 조준당하고 있다는 사실도 모른 채 계속 걸어왔다. 유안이 자기도 모르게 소리쳤다.

"조심해요!"

그 사람이 멈칫하며 유안을 바라보았다. 그 순간 로봇이 유안이 있는 쪽으로 무기를 돌렸다.

"으악! 큰일 났다! 뛰어!"

태유가 외치며 일어서 달아나기 시작했다. 유안과 프릴라도 일단 뛰었다. 얼마 뒤, 숨어 있는 곳 근처에서 큰 폭발이 일어났다. 유안은 소름이 돋았다.

'진짜야! 진짜 우리를 죽이려 하고 있어!'

그때 작업복을 입은 사람이 휘파람 소리를 냈다.

'삐익—'

그러자 낙타 로봇이 달려가더니 무기를 든 로봇을 세게 들이받았다.

"이쪽으로!"

그 사람이 유안과 태유, 프릴라에게 소리치며 손짓했다. 세 사람은 앞뒤 볼 것 없이 일단 그쪽으로 달려갔다.

만능 수리공과
구식 로봇 삼종사

폭발 소리가 나자 다른 곳을 수색하던 로봇들이 모두 그쪽으로 달려왔다. 뒤쪽에서 계속 뭔가 폭발하는 소리가 나며 땅이 울렸다. 조금이라도 지체했다가는 가루가 되어 사라질 것 같았다.

그 사람은 야트막한 바위산이 있는 쪽으로 달려갔다. 수많은 바위가 쌓여 있는데, 그 사이로 틈이 있었다. 그가 틈 안으로 쏙 들어갔다. 세 사람도 따라서 일단 그 안으로 들어갔다. 프릴라가 기뻐하며 말했다.

"좋아. 어두운 곳에 숨으면 몰래 빠져나갈 수 있을 거야."

좀 더 깊이 들어가자 코앞도 안 보일 정도로 깜깜해졌다. 로봇들이 이리저리 걸어다니면서 찾는 소리가 들렸다. 세 사람은 들키지 않으려고 잠시 숨죽이고 가만있었다.

하지만 로봇들이 내는 소리는 점점 가까이 다가왔다. 마침내 어둠 속에서 빨갛게 빛나는 불빛이 보였고, 무기를 겨누는 소리가 들렸다.

"쳇! 들켰다. 뛰어!"

유안 일행을 이곳으로 데려온 사람이 입을 열었다. 뜻밖에도 어린 여자 목소리였다. 그 목소리는 순식간에 멀어졌다. 유안과 태유, 프릴라는 놓칠세라 그를 열심히 쫓아갔다.

'콰쾅—'

그때 등 뒤에서 뭔가 폭발하며 무너지는 소리가 들렸다.

"헹! 바보 로봇 녀석들, 이런 데서 함부로 무기를 쓰니 바위가 무너지지."

앞에서 의기양양한 목소리가 들렸다.

구불구불한 길을 한참 걸어가자 점점 주변이 밝아졌다. 얼마 뒤 앞쪽에서 희미한 빛이 보이기 시작했다. 그제야 유안은 뜻밖의 구원자를 자세히 볼 수 있었다. 가까이서 보니 생각보다 덩치도 작아서 정말 여자아이처럼 보였다.

굴 밖으로 완전히 빠져나오자 눈이 부셨다.

"후아, 하마터면 죽을 뻔했네."

프릴라가 가슴을 쓸어내리며 말했다.

"이제는 괜찮을 거야. 그런데 너희는 누구지? 날 구해 준 보답으로 도와주긴 했지만, 누군데 쫓기고 있는 거야?"

"우, 우리도 몰라."

"대체 이게 무슨 일인지 모르겠어."

유안과 태유가 앞다퉈 말했다.

"그나저나 아까 그놈들은 어떻게 어둠 속에서 우리를 찾은 거지?"

프릴라가 물었다.

"적외선을 탐지했겠지."

"적외선?"

"가시광선보다 파장이 긴 빛을 말하는 거잖아. 우리 눈에는 안 보이지만 로봇은 센서를 이용해서 볼 수 있다고."

프릴라가 여전히 고개를 갸웃거리자 여자애가 그것도 모르냐는 표정으로 계속 말했다.

"빛이 파장에 따라 다양한 거 몰라? 전파, 마이크로파, 엑스선, 감마선 같은 거? 눈에 보이는 가시광선 말고 우리 눈에 안 보이는 빛이 많다고."

보다 못한 유안이 나섰다.

"얘는 모를 거야. 모를 수밖에 없어."

"응? 이해가 안 되네? 진짜 너희 정체가 뭐야?"

"음… 설명하자면 좀 긴데…."

유안이 태유를 마주 보며 중얼거렸다.

"오오! 말하기 어려운 사연으로 쫓기는 중이라고? 재미있겠다! 혹시 우주 해적? 그러기엔 좀 어려 보이는데…. 뭐 어때? 어리다 고 해적을 못할 이유는 없지. 만약 해적이라면 나도 데려가 주지 않을래?"

그 아이가 커다란 고글을 벗으며 유안을 보고 씩 웃었다. 정말 세 사람 또래의 여자아이였다. 하지만 유안은 어안이 벙벙했다.

'해적이라니 무슨 소리야? 게다가 해적이 되고 싶다고? 또 잘못 걸린 것 같은데….'

프릴라가 먼저 대답했다.

"우린 해적 따위가 아니야! 해적도 반드시 없애야 할 간악한 놈 들이지! 우리는 이 땅에 정의를 되찾기 위해 나선 사람들이다!"

'아이고, 이건 또 무슨 소리야. 여긴 마법 세계가 아니라고….'

유안은 울고 싶었다. 태유는 오히려 신이 난 듯이 거들었다.

"그래! 대마법사 하셀리온을 물리쳐야 해!"

태유까지 그러고 나서니 유안은 머리가 어질했다.

"그래? 그것도 재미있겠는걸? 어쨌든 좋아! 나도 할래!"

"아니, 뭘 한다는 거야?!"

참다 못한 유안이 버럭 외쳤다. 자기라도 현실감각을 붙잡아야 할 것 같았다.

"어차피 너희 우주선 수리해야 하지 않아? 평생 여기서 살 건 아니잖아. 여긴 말이지, 정말 심심한 곳이거든."

여자애가 셋을 둘러보며 말했다. 그건 맞는 말이었다. 하지만 어떻게…?

"난 코리나라고 해. 여기는 포비도네라는 행성이고, 난 클로스트린이라는 마을에 살아. 여긴 너무 낙후돼 있어서 아무 재미가 없어. 하지만 이래 봬도 내가 마을에서 가장 뛰어난 기술자니까, 너희 우주선을 고쳐 줄게. 그 대신 날 데리고 가 줘. 난 여기가 지겨워서 우주로 나가고 싶어."

'하지만 이번에는 프릴라처럼 처음 보는 사람을 데려오면 안 돼!'

유안은 엄마의 신신당부가 떠올랐다. 하지만 이미 늦어 버렸다.

코리나는 세 사람을 마을 변두리에 있는 자신의 집으로 안내했다. 그 집에서 코리나는 혼자 살고 있었다. 어렸을 때 부모님을 여의고 이 집 저 집 떠돌며 자랐다고 했다. 기계를 만지는 데 소질이 있었는지 마을의 기술자에게 기계 수리를 배워서 지금은 그것으로 생계를 유지하고 있었다.

"어제 우주선 하나가 하늘에서 떨어지더라고. 나는 버려진 우주선이 궤도를 떠돌다가 추락한 줄 알았어. 그래서 쓸 만한 부품이라도 찾아볼까 해서 가고 있던 중이었어. 그런데 그게 너희 우주선이라는 거지? 조금만 고치면 날 수 있는 우주선이라니! 아유, 신나라! 우주선 이름은 뭐야?"

"이, 이름? 등록 번호는 있지만, 이름은 딱히 없는데. 우리 가족 우주선이라…."

"뭐야. 이름도 없어? 시시해. 해적선이라면 이름이 있어야지. 코리나호 어때?"

"뭐? 왜 네 이름을 붙이는 건데? 그리고 해적선 아니라고!"

코리나와의 대화는 주로 이런 식이었다. 유안은 코리나를 믿을 수 없어서 마을 사람들에게 도움을 청해 보았다. 하지만 이상하게도 얼마 전부터 초광속 통신이 잘 안 된다고 했다. 뭔가 수상했다. 유안을 쫓아온 놈들 짓인 것 같았다.

그런데 코리나가 마을에서 가장 솜씨 좋은 수리공이라는 데는 마을 사람들 모두 동의했다.

"그럼~ 코리나 없으면 죄다 굶어 죽을걸. 농사 로봇이 낡아서 허구한 날 고장이거든."

'으~ 정말 이런 애한테 우주선을 맡겨도 되는 걸까?'

셋, 아니 이제 네 사람은 작전을 세웠다.

"적은 우리가 마을에 있다고 추측할 수 있지만, 섣불리 마을로 들어오지는 못하고 있는 것 같아. 그러니까 우주선 근처에서 우리가 돌아오기를 기다리고 있을 거야. 따라서 우리는 적을 유인해서 멀리 보내 버린 뒤에 재빨리 우주선을 수리하고 도망쳐야 해."

누가 시키지도 않았는데, 프릴라가 마치 대장처럼 작전을 설명했다. 태유는 언제나처럼 헤벌쭉하고 있었고, 유안은 뭔가 말하려다가 한숨을 쉬며 입을 다물었다.

"그런데 어떻게 유인하지?"

태유가 물었다.

"음, 그게 문제야. 내가 마법만 쓸 수 있었어도 골렘 몇 마리 만들어서 써먹는 건데. 마침 이 동네에는 바위도 많으니."

"골렘?"

코리나가 의아한 표정을 짓자 태유가 설명했다.

"마법으로 움직이는 인간 형체 같은 걸 말하는 거야. 프릴라는 로봇도 골렘이라고 부르지."

"그래? 골렘이라면 몰라도 로봇은 몇 대 있는데, 그걸 이용해 볼까?"

마침 코리나의 창고에는 구식 로봇이 세 대 있었다. 로봇을 꺼내 잠시 손보고 유안과 태유, 프릴라가 입었던 옷을 입히자 그럴듯해 보였다.

마지막으로 코리나가 로봇에 동력을 주입했다. 로봇 세 대가 동시에 움직이기 시작했다.

"앗, 코리나다! 지금이 언제지? 얼마 만에 나를 켠 거야?"

"글쎄, 한 삼 년 됐나…."

코리나가 머리를 긁적이며 말했다.

"뭐 삼 년? 너무한 거 아니니? 삼 년이라니?"

"그러게. 너무 심했다. 그동안 혼자 잘 먹고 잘 살았겠구먼."

로봇 세 대가 제각기 떠들어 대기 시작하자 정신이 산만해졌다.

"으, 로봇이라는 건 말이 많구나. 골렘은 조용히 시킨 일만 하는데."

프릴라가 귀를 막으며 중얼거렸다. 그 소리를 들은 로봇들이 발끈했다.

"뭐라고? 시킨 일만 하라고?"

"지금 로봇 무시하는 거야?"

"로봇을 뭘로 보는 거야?"

아까보다 더 시끄러워지자 프릴라는 귀찮다는 듯이 어디론가 도망가 버렸다.

"잠깐만! 잘 들어 봐. 너희가 해야 할 일이 있어."

코리나가 로봇들을 조용히 시키고는 아까 짠 계획을 설명했다. 그러자 로봇들이 더 시끄럽게 반발했다.

"그런 위험한 짓을 우리에게 시키다니!"

"우린 죽어도 된단 말이야? 진짜 너무한다!"

"인간들이란 역시 이기적이야!"

이어진 코리나의 한마디는 방방 뛰던 로봇들을 조용히 만들었다.

"자유를 줄게! 난 어차피 여길 떠날 거니까 너희는 자유롭게 살아. 너희는 누구보다 이곳을 잘 알잖아. 그딴 외지 로봇들을 따돌리는 것쯤은 식은 죽 먹기 아니야?"

효과가 있었다. 로봇들은 자기들끼리 한참 쑥덕거리더니 말했다.

"알겠다. 단, 여기 있는 수리 장비와 부품은 우리가 갖는다는 게 조건이다."

"좋아. 난 여길 떠날 거니까 마음대로 해."

코리나는 흔쾌히 대답하며 로봇들과 악수했다.

일행은 조심스럽게 우주선으로 다가갔다. 중간에 낙타 로봇이 적을 들이받은 곳에 이르자 코리나가 로봇의 잔해를 살펴보았다.

"둘 다 완전히 망가져 버렸네. 내 낙타~ 흑흑."

유안은 자신들을 공격했던 로봇의 부서진 몸을 살펴보았다. 이리저리 뒤적거리다 보니 조그맣게 찍혀 있는 모델명이 보였다.

ㄱㅗㄹㄹ ㅔㅁ-3298545#
ㅁ ㅏㄴㅜㅍ ㅐㄱㅌㅗ

프릴라가 그걸 힐긋 보더니 외쳤다.

"골렘? 골렘이라고 적혀 있는 거 맞지? 역시 하셀리온이야!"

유안은 반박하고 싶었지만 공교롭게도 모델명에 골렘이 들어가 있었기에 입을 다물 수밖에 없었다. 태유도 와서 기웃거리다가 대화에 끼어들었다.

"그 밑에는 뭐야? 마누팩토?"

"뭐? 마누팩토?"

낙타 로봇을 살펴보던 코리나가 말했다.

"마누팩토는 여러 가지 기계 장치를 만드는 기업이야. 여기 부품이 성능이 좋아서 잘 써먹고 있지."

"그러면 마투팩토라는 기업이 이 일과 무슨 관련이 있다는 걸까?"

"에이, 그냥 기계 만들어서 파는 회사인걸. 그렇게 단정할 수는 없어."

일단은 더 이상 지체하지 않고 계획을 진행하기로 했다. 일행은 멀찍이 떨어진 곳에 몸을 숨기고 불시착한 우주선 주위를 살폈다. 추격자들의 우주선은 어디론가 사라진 뒤였고, 주변에는 아무것도 보이지 않았다.

"우릴 못 찾으니까 그냥 가 버린 듯? 잘됐다!"

"안 돼! 기다려!"

태유가 말하면서 벌떡 일어나려 하자 프릴라가 옷깃을 잡으며 말렸다.

"이렇게 어수룩해서야! 뻔히 보이게 놔두면 우리가 다가가지 않을 거 아니야? 어디에 숨어서 우리를 기다리고 있을 게 분명해!"

"프릴라의 말이 맞아. 계획대로 로봇을 보내 보자."

코리나가 무전으로 신호하자 얼마 뒤 일행과 멀리 떨어진 곳에서 로봇 세 대가 나타났다. 멀리서 보니 유안과 태유, 프릴라의 모습과 크게 다르지 않았다.

한동안은 적이 숨어 있다는 낌새가 전혀 없었다. 그런데 로봇이 어느 정도 가까이 가자 갑자기 어디선가 무기를 든 로봇들이 튀어나왔다. 땅속에 굴을 파고 숨어 있었던 모양이었다.

코리나의 로봇들은 황급히 달아났다. 그들의 바로 뒤쪽에서 연이어 땅이 폭발했다. 무전기에서 로봇들이 외치는 소리가 들렸다.

"폭탄을 쓴다는 말은 없었잖아, 코리나!"

"치사하다, 치사해! 윽! 살려 줘!"

코리나는 미안한 표정으로 머리를 긁적였다.

"그러고 보니 그 말을 깜빡했네."

그러나 코리나의 구식 로봇들은 의외로 날랬다. 돌투성이 바위 언덕 기슭까지 달려가더니 미로 같은 바위 틈바구니 속으로 사라졌다. 추격자들도 만만치는 않았다. 순식간에 바위 언덕을 포위하더니 서서히 포위망을 좁혀 갔다.

"저 안에는 복잡한 지하 통로가 있어서 괜찮을 거야. 이제 가자!"

코리나가 말하며 몸을 일으켰다. 일행은 재빨리 우주선으로 달려갔다. 문은 그대로 열려 있었다.

유안이 가장 먼저 조종석으로 갔다. 작동을 멈춘 로비는 어디론가 사라져 있었다. 정보를 빼내기 위해 적이 데려간 것 같았다. 급히 뒤져 보니 통신기를 비롯해 개인 전자 기기도 모두 사라지고 없었다.

일단 시동을 걸자 다행히 동력이 들어왔다. 자동 점검 프로세스를 돌렸더니 이상이 있는 부위의 목록이 주르륵 떠올랐다.

"윽, 한두 개가 아닌데. 그래도 일단 한두 군데만 손보면 날 수는 있겠다. 로봇들이 시간을 잘 끌어 줘야 할 텐데."

코리나는 챙겨 온 공구를 들고 서둘러 어디론가 사라졌다. 이제는 코리나의 수리 솜씨를 믿는 수밖에 없었다. 프릴라와 태유는 혹시 적이 돌아올까 봐 우주선 밖에서 망을 보았다.

코리나가 사라진 방향에서 뭔가 쿵쾅거리는 소리와 파지직 하는 소리가 들려오기 시작했다.

"빨리 좀 고쳐 봐!"

유안이 소리 질렀다.

"걱정 마. 이까짓 것 금방이라고!"

그때 태유가 달려 들어오며 외쳤다.

"적이 돌아오고 있어!"

유안이 창밖을 내다보자 로봇 두 대가 천천히 걸어오고 있었다.

"괜찮아. 아직은 우리가 우주선 안에 있다는 걸 모를 거야."

프릴라가 침착하게 말했다. 하지만 그때 로봇이 우주선을 향해 나 있는 발자국을 발견했다. 두 로봇은 우주선을 한번 바라보더니 곧바로 달려오기 시작했다.

"으악, 큰일 났다! 이륙해야겠어!"

유안이 외쳤다.

"아직이야! 지금 이륙하면 다시 추락한다고. 조금만 더…."

코리나가 맞서 소리 질렀다.

적들은 우주선 바로 앞에서 멈추더니 다시 신중하게 주위를 살폈다. 유안이 문을 닫으려고 하자 프릴라가 그만두라고 외쳤다.

"미쳤어? 못 들어오게 해야지!"

"잠깐만 있어 봐!"

그러더니 프릴라가 입구 쪽으로 달려 나갔다. 두 로봇이 무기를 들어 우주선을 겨누었다. 우주선과 함께 날려 버리려는 것 같았다. 이제는 이륙한다고 해도 공중에서 격추당할 가능성이 컸다.

'내 인생이 이렇게 끝나는구나.'

유안은 눈을 감았다. 커다란 폭발 소리가 들리며 우주선이 흔들렸다.

그런데 흔들림이 멎고 나자 별다른 느낌이 없었다. 유안이 슬그머니 눈을 떴을 때 멀쩡한 조종실이 보였다. 유안은 창밖을 보며 놀라고 있는 태유에게 다가갔다. 창밖에 로봇이 있던 자리에는 검게 그을린 자국과 파편만 남아 있었다.

"어떻게 된 거야?"

그때 프릴라가 어깨에 무기를 멘 채 돌아왔다.

"내가 날려 버렸지. 하셀리온의 부하들을 날려 버리니 시원하네. 하하."

유안은 입이 떡 벌어졌다.

"그, 그건 어디서 난 거야?"

"아까 죽은 골렘을 조사할 때 챙겨 왔지. 전장에서 적의 무기를 가져가는 건 기본 아니야?"

프릴라가 오히려 의아하다는 듯이 말했다.

"그거 내다 버려! 우주선에 무기를 실었다가는 엄마가 가만두지 않을 거야! 얼른!"

유안이 고래고래 소리를 지르자 프릴라는 못마땅한 표정으로 무기를 밖으로 내던졌다. 유안은 그 모습을 확인하고 재빨리 문을 닫았다. 그제야 한숨이 터져 나왔다.

구석에서 코리나가 외치는 소리가 들렸다.

"수리 완료! 난 역시 대단해!"

유안은 한시라도 빨리 집으로 가고 싶어서 서둘러 우주선을 이륙시켰다.

30세기 시위대

그러나 유안은 집으로 가지 못했다.

"뭐라고? 집에 간다고? 하셀리온이 우리를 알게 된 이상, 집도 안전하지 않아!"

프릴라가 못 믿겠다는 듯이 외쳤다.

"무슨 소리야? 기껏 깡촌 행성을 탈출해서 모험을 하려는 참인데, 집에 간다고?"

코리나도 덩달아 흥분해서 외쳤다. 둘의 등쌀에 유안은 우주선을 제대로 조종하기가 어려울 정도였다. 일단 다 같이 모여 앉아서 이야기를 해 보기로 했지만, 의견이 좁혀지지 않았다. 한참을 평행선을 그리며 싸우다 유안이 외쳤다.

"그러면 도대체 어디로 가자는 소리야?"

그러자 프릴라와 코리나 둘 다 입을 다물었다. 사실 딱히 갈 만한 곳은 없었다. 그때 태유가 조심스럽게 입을 열었다.

"마누팩토사가 최근에 공장을 지은 곳이 있는 듯…."

모두 태유를 쳐다보았다.

"최근?"

초광속 통신은 여전히 고장 난 상태라 구조 신호를 보내지 못하는 건 물론, 은하 네트워크에도 실시간 접속이 불가능했다. 하지만 최신 소식만 접할 수 없을 뿐이지, 조금 지난 자료는 우주선의 데이터베이스에 일부 남아 있었다. 태유는 그 데이터베이스를 검색해 본 것이었다.

"반년이 채 되지 않았어. 뉴스를 보니까 펜로즈 프로젝트에 사용할 거대 레이저를 만들고 있는 듯. 이 장치는 노바의 아이디어를 바탕으로 만드는 것인…."

"하셀리온! 거기야! 그곳으로 가야 해!"

프릴라가 벌떡 일어서며 말했다.

"워워, 잠깐만. 그렇게 성급하게 판단할 수는 없어."

유안이 만류했다. 그러자 프릴라도 잠시 진정하는 듯했다.

"알았어. 그런데 레이저란 게 뭐야?"

프릴라가 물었다.

"레이저는 빛을 증폭해서 가늘게 압축한 것을 말해. 저번에 내가 빛에는 여러 파장이 있다고 했잖아? 레이저는 한 가지 파장의 빛으로 이루어져 있어서 여러 가지 색이 될 수 있어. 넓게 퍼지지 않고 직진하는 성질이 있지."

"그래? 빛이란 말이지. 마법 중에 빛을 증폭해서 상대를 태워버리는 마법이 있는데, 하셀리온이 그런 무기를 만들려는 걸까?"

프릴라가 심각한 표정으로 중얼거렸다.

"음⋯ 매우 강력한 레이저를 무기로 쓸 수 있는 건 사실이지만, 보통은 약한 출력으로 여러 가지 물질을 가공하거나 병을 치료하는 데 쓰곤 하지. 초광속 통신이 없던 옛날에는 통신용으로도 썼고. 그런데 너, 하셀리온이 무서운 거 아니었어? 사이언티피아에서 마주치고 기겁을 했잖아."

유안이 조심스럽게 물었다. 어느새 유안도 노바를 하셀리온이라고 부르고 있었다.

'이거 자꾸 말려드는 것 같은데⋯.'

유안의 걱정도 모른 채 프릴라는 비장한 표정으로 대꾸했다.

"무섭긴 해. 아까는 내가 생각해도 너무 부끄러워. 하지만 이번에는 직접 마주치는 게 아니니까 괜찮을 거야. 하셀리온이라면 분명히 엄청난 음모를 꾸미고 있을 텐데, 내가 가만있을 순 없다고!"

'음모가 아니라 그냥 펜로즈 프로젝트라고! 마법 같은 건 없어!

흑흑.'

유안은 울고 싶었다. 하지만 프릴라에다 이제 코리나까지 덤으로 집에 데려가면 아무리 관대해진 부모님이라고 해도 크게 혼날 것 같았다.

"그래서, 마누팩토의 새 공장이 어디에 있다고?"

피락스 항성계의 네 번째 행성인 리아드는 본래 아름다운 경치로 유명한 곳이라고 은하 지도에 소개되어 있었다. 중력이 표준보다 낮아서 산과 계곡의 규모가 크고 모양이 더욱 역동적이었다. 그래서 자연을 즐기는 관광객이 많이 찾곤 했다.

유안은 공항 관제실의 지시를 받아 관광객용 정거장에 정박했다. 작은 도시 규모의 인구가 거주하는 우주정거장은 또 다른 신세계였다. 이런 곳을 처음 보는 프릴라와 코리나는 정신을 차리지 못했다.

"도시를 통째로 하늘에 띄울 수 있다니 엄청난 마법이야. 역시 하셀리온이 한 짓이 틀림없어."

프릴라가 중얼거렸다.

"무슨 하셀리온이야. 이런 건 수백 년 전부터 있던 거라고. 과학기술로 만든 거야!"

유안이 못마땅한 말투로 쏘아붙였다. 사실 유안은 공중 통신기로 부모님에게 연락하려고 눈치를 보고 있었지만, 다른 녀석들이 너무 딱 달라붙어 있는 통에 영 기회를 얻지 못하고 있었다. 도대체 이 녀석들이 여기서 뭘 어떻게 하자는 건지 알 수 없었다.

"빨리 와. 지상에 내려가려면 셔틀을 타야 해."

태유가 잡아끌자 유안은 마지못해 끌려가 셔틀을 탔다. 지상으로 내려가는 셔틀 안에서는 창밖으로 행성의 아름다운 풍광이 잘 보였다. 그런데 자세히 보니 지면의 3분의 1 정도가 회백색의 반짝이는 금속으로 덮여 있었다.

"저게 뭐지?"

유안이 중얼거리자 앞자리에 앉아 있던 중년의 남자가 돌아보며 얼굴을 찡그린 채 대답했다.

"마누팩토의 공장이란다. 공장을 계속 확장하고 있어. 이러다가 행성 전체가 공장으로 뒤덮이겠어. 우주정거장 궤도에도 공장을 잔뜩 올려놨으면서 뭐가 부족하다는 건지, 원. 펜로즈 프로젝트도 좋지만, 너무 심해."

"그러면 원래 있던 산과 들을 밀어 버렸다는 뜻인가요?"

프릴라가 끼어들며 말했다.

"그렇지. 그래서 관광객도 많이 줄었어."

남자는 고개를 절레절레 저으며 손에 든 태블릿으로 다시 시선을 옮겼다.

프릴라는 다시 창밖을 내다보았다. 마치 벌레가 열매를 갉아 먹듯이 회백색으로 덮인 영역이 푸른 녹지를 파고들고 있었다. 프릴라의 두 손이 부르르 떨렸다.

"역시 하셀리온은 어느 세계에 가든 모든 생명체의 적이야…"

유안은 프릴라의 말이 너무 섬뜩하게 들려서 아무 말도 하지 못했다.

셔틀에서 내린 넷은 잠시 방황했다.

"자, 오기는 왔는데 이제 어떡해?"

유안이 어깨를 으쓱하며 물었다. 태유와 프릴라, 코리나는 서로 눈만 끔뻑거리며 마주 보았다.

'그럼 그렇지, 에휴.'

유안이 한숨을 쉬고 있을 때 어디선가 커다란 구호 소리가 들려왔다.

"마누팩토는 물러가라!"

"에너지보다 생명이 먼저다!"

소리가 나는 쪽을 바라보니 수많은 사람이 모여서 넓은 길을 따라 행진하고 있었다. 행렬이 가까이 오자 주변에 있던 사람 몇몇도 대열에 합류해 함께 구호를 외치기 시작했다.

호기심이 넘치는 코리나가 가까이 다가가 구호를 외치는 사람 한 명을 붙잡고 물었다.

"이거 뭐 하는 거예요?"

"자연과 생명을 파괴하는 마누팩토의 공장 건설에 반대하는 시위를 하고 있는 겁니다! 관광객인가요? 아름다운 리아드를 지킬 수 있도록 도와주세요!"

프릴라의 귀가 쫑긋거렸다. 대답한 사람은 이미 앞으로 걸어가 버렸지만, 프릴라는 주먹을 불끈 쥐며 외쳤다.

"하셀리온에 대항하는 사람들이라고? 역시 악에 맞서 싸우는 사람들은 어디에나 있어! 감동적이야. 우리도 함께하자!"

프릴라가 행렬 속으로 뛰어들었다.

"어? 기, 기다려!"

유안이 당황해서 프릴라를 쫓아갔고, 태유와 코리나도 신이 난 표정으로 행렬에 끼어들었다.

"하셀리온을 물리치자! 악의 마법사를 몰아내자!"

프릴라는 혼자 주변 사람들과 다른 구호를 외치고 있었지만, 워낙 시끄러워서 아무도 이상하다는 사실을 알아채지 못했다.

"우리 함께 외치자!"

코리나가 유안의 오른팔을 붙잡아 위로 잡아당겼다.

"하셀리온을 물리치자!"

결국 유안도 분위기에 휩쓸려 팔을 휘두르며 구호를 외치고 있었다.

'내가 왜 이러고 있는 거지….'

하지만 수많은 사람과 함께 행진하며 소리치고 다니는 게 은근히 재미있었다. 돌아보니 코리나는 당연하고, 태유도 신이 난 표정이었다.

"그런데 어디로 가는 거예요?"

행렬의 목적지가 궁금해진 유안이 아무나 붙잡고 물었다.

"마누팩토 공장 확장 공사장으로 가고 있는 거야. 거의 다 왔어!"

그는 주변이 시끄러워서 거의 악을 쓰다시피 대답해 주었다.

'도착하면 거기서는 뭘 하지?'

유안은 생각에 잠겨 걷다가, 갑자기 걸음을 멈춘 앞사람의 등에 얼굴을 들이받았다.

"아이쿠."

"에구. 뭐야, 뭐?"

코리나가 김이 샌다는 듯이 외쳤다. 앞에서부터 사람들이 웅성

거리는 소리가 전해졌다.

"경찰이 막았대요!"

"경찰? 벌써?"

머리 위에서 '위잉―' 하는 소리가 들리더니 경찰 드론 수십 대가 나타났다. 드론들이 일제히 방송을 시작했다.

"여러분은 사유지에 침입하고 있습니다. 당장 해산하시기 바랍니다. 해산하지 않는다면, 강제 해산하겠습니다."

드론들이 이리저리 날아다니면서 계속 방송했다. 몇몇 사람이 드론에게 깡통 따위를 던졌지만, 드론은 잽싸게 피해 다니며 시위자들을 위협했다.

유안이 돌아보니 프릴라도 열심히 드론에 돌을 던지고 있었다.

"하셀리온의 하수인 녀석들! 죽어라!"

프릴라는 전쟁터에서 배웠는지 돌 던지는 솜씨가 대단했다.

'깡―'

드론 한 대가 프릴라가 던진 돌에 맞았다. 군중이 환호성을 지르자 프릴라는 두 팔을 번쩍 들어 올렸다. 유안은 고개를 절레절레 저었다.

그때 드론의 카메라가 프릴라의 얼굴을 포착했다. 카메라의 빨간 불빛이 불길하게 빛나며 프릴라를 맴돌았다. 이윽고 드론이 공중으로 뭔가 발사했다. 폭발음이 들리더니 주변이 뿌예지며 매캐한 냄새가 진동하기 시작했다.

"겨자 가루인가? 예전에 공화파들 쫓아내려고 썼던 가루와 비슷한 냄새야!"

프릴라가 코를 움켜쥐며 외쳤다. 저 멀리서 외침 소리가 들렸다.

"최루탄이다! 다들 흩어져라!"

그와 함께 시위하던 사람들이 사방팔방으로 달려가기 시작했다. 유안은 어쩔 줄 몰라서 프릴라와 태유, 코리나와 함께 어영부영 서 있었다.

흩어지는 사람들 사이로 로봇 부대가 나타났다. 포비도네에서 유안 일행을 노리던 것과 같은 모델의 로봇이었다.

"으악! 하셀리온의 부하야!"

프릴라가 외치며 도망쳤다. 유안은 그냥 시위 진압대일 거라고 말하고 싶었지만, 그렇다고 해도 도망쳐야 하는 건 마찬가지였다. 만약 시위하다가 체포된 사실을 부모님이 알게 된다면? 별로 상상하고 싶지 않았다. 네 사람은 로봇 진압대를 피해 어딘지 모를 방향으로 달리기 시작했다.

"시작부터 이런 모험이라니! 내가 바라던 바야!"

그 와중에 코리나는 뭐가 신나는지 방방 뛰었다.

시위대가 진압대와 충돌하고 흩어지면서 시내는 온통 난장판

이 되었다. 매캐한 연기 때문에 얼굴은 눈물 콧물 범벅이었고, 주위가 잘 보이지도 않았다. 억지로 숨을 참고 달려가면 갈수록 주변의 사람들은 줄어들었고, 일행의 뒤를 쫓는 로봇 진압대는 늘어났다. 유안은 정신이 없는 와중에도 뭔가 이상하다는 생각이 들었다.

'왜 우리만 쫓아오는 거야!'

어느 순간 양옆까지 로봇 진압대가 따라붙었다. 포위망이 좁혀오니 선택의 여지가 없었다. 사냥꾼에 쫓기는 짐승처럼 이리저리 몰리다 보니 결국 막다른 골목에 다다랐다.

"난 더 못 뛸 듯… 콜록!"

태유가 바닥에 주저앉았다. 다들 마찬가지였다. 그 모습을 냉혹하게 내려다보듯이 머리 위에서 드론이 맴돌고 있었다. 골목 입구로 로봇 진압대가 들어섰다.

"자, 콜록, 잠깐만요. 우린 그냥 관광을 왔다가 휩쓸렸던… 콜록!"

유안이 간신히 일어서며 필사적으로 변명했다. 그러나 로봇은 유안의 말을 끊고 그들을 번갈아 주시했다.

"키아스 유안, 제갈 태유, 프릴라. 은하계 연방의 중대 프로젝트에 위협을 가한 혐의로 너희를 체포한다. 순순히 응하도록!"

대장으로 보이는 로봇이 한 발 앞으로 나서며 말했다.

"체, 체포?"

유안은 어안이 벙벙했다. 단순히 시위에 참가한 게 그 정도로 큰 죄일 리가 없었다.

"그까짓 돌 좀 던졌다고?"

태유도 황당한 듯이 말했다.

"그까짓 돌 더 던져 주마!"

프릴라가 로봇 대장을 향해 돌을 던졌고, 코리나도 가세했다. 유안이 말리기도 전에 돌들이 날아가 로봇을 때렸다.

로봇들이 전진했다. 그때 하늘에서 뭔가 날아오더니 땅에 떨어졌다. 동시에 로봇들이 몸을 부르르 떨더니 그 자리에 정지했다. 머리 위에 떠 있던 드론도 힘없이 땅에 떨어졌다. 그 아래 서 있던 태유는 황급히 몸을 피했다.

그들이 무슨 일인가 싶어 머뭇거리고 있을 때 골목 입구에 한 사람이 나타났다. 운동복을 입은 젊은 남자였다. 청년은 땅에 떨어져 있던 둥근 장치를 집어 들고 유안 일행을 보며 싱긋 웃었다.

"EMP야. 강력한 전자기파로 전자회로를 날려 버린 거지."

"도, 도와주셔서 감사합니다. 저희는 가 볼게요."

유안이 고개를 꾸벅하고는 서둘러 옆으로 지나가려는데, 청년이 팔을 들어 앞을 막았다.

"잠깐만! 그런데 너희가 누군데 진압대가 체포하려는 거지? 진압대의 권한은 시위대를 쫓아내는 것까지야. 체포는 할 수 없다고."

"모, 몰라요. 좀 전에 은하계 연방의 이름으로 체포한다고…."

청년이 눈썹을 추켜세웠다.

"은하계 연방의 이름으로? 그건 연방 경찰에 등록된 범죄자일 경우에만 가능한데? 설마 너희 같은 아이들이 범죄자일 리는…."

"사람을 뭘로 보는 거예요? 우리는 악의 세력과 싸우는 사람이라고요!"

프릴라가 분개하며 말했다.

"악의 세력?"

청년이 재미있다는 듯이 웃었다. 하지만 당장 이곳을 벗어나 집에 가고 싶을 뿐인 유안은 울상을 하고 어떻게든 자리를 뜨려 했다.

"구해 주셔서 감사합니다만, 저희는 이만…."

"잠깐! 이대로 가면 너희는 체포될 거야. 범죄자로 등록된 이상어디를 가든 경찰을 벗어날 수 없어."

"말도 안 돼요! 고작 시위 한번 참가한 걸로 은하계 연방에 등록된 범죄자가 된다고요?"

유안이 흥분해서 말했다.

"물론 그 정도로 범죄자가 되지는 않아."

청년은 턱을 주무르며 심각한 표정을 지었다.

"뭔가 착오가 있을 거예요. 부모님에게 연락해야겠어요."

유안은 청년의 말을 무시하고 골목 밖으로 나갔다. 시위대가 사라진 거리는 한산했다.

'셔틀을 타려면 어디로 가야 하더라?'

간신히 방향을 잡고 움직이기 시작했다. 조금 가다가 뒤를 돌아보았는데, 아무도 없었다.

'뭐야? 왜 아무도 안 와? 그 사람 말을 믿는다는 거야?'

유안은 화가 치밀었다. 환상에 빠져 있는 미치광이 프릴라도 싫었고, 대책 없이 흥만 넘치는 코리나도 싫었고, 정체도 모르는 여자애에게 바보같이 끌려다니는 태유도 싫었다.

'다 필요 없어! 여기서 고생 좀 해 보라지. 나 혼자라도 집에 가야겠다.'

블랙 유니버스

셔틀 정거장까지 가는 길은 꽤 멀었다. 대중교통도 운행을 중단했는지 도로에 차가 하나도 없었다. 걸어서 가자니 너무 오래 걸릴 것 같았다. 유안은 일단 부모님에게 연락해 상황을 알리기로 했다. 조금 걷다 보니 공중 통신기가 나타났다. 유안은 반가운 마음에 얼른 달려갔다. 크레디트카드를 접촉한 뒤, 기억을 더듬어 은하계 구역 번호와 행성 번호, 집 번호를 눌렀다. 평소 쓰던 전화를 잃어버린 데다가 초광속 통신을 자주 할 일이 없으니 익숙하지 않았다.

마침내 신호가 가더니 연결에 성공했다.

"엄마?"

"안녕하세요. 현재 가족 모두 부재중이오니 개인 전화를 이용하시거나 메시지를 남겨 주시기 바랍니다."

홈 AI의 응답이었다. 유안은 전화를 끊고 이번에는 개인 전화를 시도했다. 하지만 엄마와 아빠 모두 전화를 받지 않았다.

'아이참, 하필이면 이럴 때….'

부모님 말고 연락할 만한 사람을 떠올려 보았다. 몇몇 얼굴이 떠올랐지만 번호를 기억하지 못했다. 포비도네에서 개인 전자 기기를 모두 잃어버린 게 안타까웠다.

'일단 셔틀을 타고 우주정거장까지 가서 다시 연락한 다음에 우주선을 타자.'

그렇게 생각하고 뒤를 도는 순간 멀리서 로봇 진압대가 다가오는 게 보였다. 황급히 주위를 둘러보았지만, 몸을 숨길 곳도, 도와줄 사람도 없었다.

'설마 또 아까처럼 날 잡아가려고 할까?'

유안은 고개를 돌려 시선을 피한 채 슬그머니 다른 곳으로 가려고 했다. 처음에는 성공하는 듯했다. 하지만 곧 로봇들이 방향을 돌려 유안 쪽으로 다가왔다. 게다가 포위하려는 듯이 좌우로 쫙 벌어져서 점점 좁혀오고 있었다.

"이봐, 거기 서!"

로봇의 목소리가 들렸다.

'아, 망할!'

유안은 도망칠까, 아니면 순순히 명령을 따른 뒤에 사정을 설명하고 부모님에게 연락해 볼까 고민했다. 그사이에 로봇들이 사방을 둘러싸면서, 도망친다는 선택지는 사라져 버리고 말았다.

아까처럼 로봇 한 대가 나서더니 똑같은 소리를 읊었다.

"은하계 연방의 중대 프로젝트에 위협을 가한 혐의로 너희를 체포한다."

'말도 안 돼! 뭔가 오해가 있는 게 분명해!'

로봇 한 대가 수갑을 들고 가까이 다가올 때 아까처럼 공중에서 뭔가 날아와 떨어졌다. 그리고 또 로봇들이 부르르 떨며 멈추거나 주저앉았다. EMP였다. 날아온 방향으로 고개를 돌리니 아까 만났던 청년이 손을 흔들고 있었다.

"여~ 네 친구들이 네가 잡혀갈까 봐 하도 걱정을 하기에 따라와 봤지."

유안은 청년을 따라갈 수밖에 없었다. 청년은 이곳 지리를 잘 아는지 로봇 진압대를 절묘하게 피해서 길을 찾았다. 중간중간 다른 사람을 마주치기도 했지만, 유안에게 관심을 보이는 사람은 없었다. 몇몇은 청년과 아는 사이인지 눈인사를 주고받기도 했다.

어느 넓은 주차장으로 간 청년은 유안을 차에 태웠다. 낯선 사람의 차에 탄다는 건 매우 위험한 일이었지만, 이제 와서 선택의 여지는 없었다.

"난 티어린이라고 해."

차를 타고 어디론가 가는 동안 티어린은 유안에게 물을 권했다. 유안은 의심스러운 표정으로 머뭇거렸다.

"푸하하! 설마 물에 뭘 탔다고 생각하는 거야? 걱정 마. 난 그냥 너 같은 어린애가 연방의 범죄자가 된 이유가 궁금할 뿐이야."

"난 범죄자가 아니에요! 뭔가 잘못된 게 틀림없어요."

"호오, 그래?"

티어린이 좌석 앞쪽의 디스플레이를 켜고 몇 번 건드렸다. 은하 네트워크에서 뉴스를 검색하는 모양이었다.

"네 이름이 유안이라며? 이걸 봐라."

무심코 화면을 본 유안은 손에 든 물컵을 떨어뜨렸다. 온몸이 부들부들 떨렸다. '테러범 지원 민간인 체포'라는 제목의 기사에는 유안의 부모님 얼굴이 떡하니 나와 있었다.

"이, 이게 무슨…."

"너희 부모님이 블랙 유니버스라는 환경 테러 단체에 후원금을 냈다는 얘기야. 그리고 너는 의심받지 않는 학생 신분으로 중간에서 후원금을 전달하는 역할을 했다는 혐의로 수배 중이지. 너뿐만 아니라 네 친구 태유네도 마찬가지다. 그리고 프릴라라는 여자애는 신분 자체가 수수께끼라서 블랙 유니버스가 보낸 끄나풀일지도 모른다고 추측하고 있어."

"말도 안 돼요! 이건 순… 엉터리잖아요!"

"맞아. 엉터리지. 그런데 왜 이런 기사가 난 걸까? 단지 무슨 오해가 있어서? 글쎄, 그럴 것 같지는 않은데."

"무슨 소리예요? 우리 부모님이 블랙 유니버스 같은 흉악한 단체에 지원을? 게다가 내가 전달을? 완전 헛소리예요!"

"정말 그럴까?"

"당연하죠! 블랙 유니버스는 온갖 우주 개발 계획을 방해하고 테러를 저지르는 단체잖아요! 저는 과학 마니아인데, 그런 일에 가담할 리가 없잖아요!"

"그래. 그럴 리 없지. 너희 부모님은 후원금 같은 건 내지 않았어."

"당연하다니까요! 정말 믿는 거 맞지요…?"

"믿고말고. 사실 믿고 말고를 떠나서 난 알고 있어."

"알고… 있다고요? 뭘?"

"너희 집안이 후원금을 내지 않았다는 걸."

"그걸 어떻게…?"

"후원금을 냈다면 내가 모를 리가 없지. 내가 블랙 유니버스 소속이거든."

유안은 벌어진 입을 다물지 못했다.

도착한 곳은 도심에서 좀 떨어진 곳에 있는 셔틀 정박장이었다. 그곳에는 낡아 보이는 셔틀 한 대가 있었고, 그 주변에 처음 보는 사람 몇이 있었다. 그리고 한쪽 옆에는 태유와 프릴라, 코리나가 있었다.

유안은 차가 멈추자마자 내려서 태유에게 뛰어갔다. 태유는 울고 있었다.

"유안아, 부모님이….."

"태유야, 나도 들었어. 진짜야?"

"이 사람들이 뉴스를 찾아서 보여 줬어. 아무리 연락해도 연락도 안 되고…. 이모한테 연락했는데, 체포된 게 사실이래. 이모랑 더 얘기를 하려는데 이 사람들이 끊어 버렸어. 그리고 더는 통화를 못하게 해."

유안이 셔틀 옆에 서 있는 사람들을 노려보았다.

"위치가 추적당하니까."

한 여자가 어깨를 으쓱하며 대꾸했다.

"이미 어느 정도 노출됐으니 빨리 여길 떠나야 해. 어떡할래? 일단 우리를 따라갈래? 아니면 여기 남아 있다가 체포돼서 경찰과 이야기를 해 볼 테냐?"

티어린이 다가와 물었다.

"너희가 왜 이런 누명을 썼는지 우리도 궁금하고, 이게 우리를 잡으려는 어떤 계획과 관련이 있다면 우리도 알아야 해. 그래서 웬만하면 우리와 함께 가자 하고 싶지만, 강요할 수는 없지. 우리는 악당이 아니니까. 알아서 선택하도록 해."

유안은 다른 아이들을 바라보았다. 프릴라는 이미 마음을 굳힌 표정이었다.

"경찰이라는 집단은 이미 하셀리온에게 장악당한 것 같아. 이대로 하셀리온에게 붙잡히면 끝장이야. 난 이들과 함께 가겠어. 하셀리온에게 대항하는 사람이라면 좋은 사람이라고 할 수 있지. 난 어떻게든 하셀리온을 막고 말 거야."

"나도야."

코리나도 프릴라의 옆에 가 섰다.

"그냥 이쪽이 더 재미있을 것 같아서. 하셀리온인지 핫도그인지가 뭔지는 잘 모르겠지만 말이야. 그리고 내 수리 기술이 여기서도 아주 쓸모가 있을 거래."

"난 경찰에게 체포당하기 싫어. 아무 잘못도 하지 않았는걸. 이 사람들하고 좀 있다 보면 오해가 풀려서 부모님도 풀려나지 않을까? 그때 집에 갈래."

태유도 울음을 멈추고 말했다.

"무슨 소리야? 이 사람들이 누군지 알아?"

유안이 태유를 잡아끌며 소곤거렸다.

"이 사람들 블랙 유니버스래! 환경주의자 테러 단체 알지? 이 사람들하고 같이 있는 것만으로 진짜 범죄자가 될 수 있다고!"

"알아. 들었어. 그런데 이 사람들 별로 나빠 보이지 않는데? 그리고 난 누명 쓰고 감옥에 가기 싫다고."

"누명 쓰기 싫다고 진짜 테러 단체랑 어울리는 건 말이 되고?"

"아, 나도 몰라! 어떻게 해야 할지 모르겠다고!"

태유가 다시 울음을 터뜨렸다. 그러거나 말거나 티어린이 시계를 보며 말했다.

"이제 우리는 떠난다. 셔틀에 타고 싶다면 지금 타야 해. 우리는 기다리지 않는다."

그러고는 다른 무리와 함께 셔틀에 타 버렸다. 프릴라와 코리나도 뒤따라 셔틀에 올랐다. 프릴라가 유안을 돌아보며 말했다.

"하셀리온을 무시하면 안 돼. 경찰은 이미 하셀리온에게 넘어간 게 분명해. 하셀리온이 수작을 부리고 있는 거라고. 그 소굴로 들어가면 끝이야. 이길 수 없어."

"제발 그만 좀 해. 백번 양보해서 노바가 하셀리온이라고 해도 일 년도 안 돼서 경찰을 장악한다는 게 말이 돼? 너도 여기서는 마법을 못 쓴다면서? 하셀리온도 마찬가지일 거 아니야?"

"하셀리온은 사람의 정신을 조종하는 데 천재적이었지. 비록 여기서는 마법을 못 쓴다고 해도 천재적인 두뇌로 주변 사람들을 뜻대로 움직이는 건 일도 아닐 거야."

프릴라는 고집스러웠다. 유안은 한숨이 나왔다. 이대로 프릴라와 헤어져 골치 아픈 일을 떼어 놓을 수 있다면 참 좋겠지만, 그렇다고 경찰에 붙잡히는 것도 두려웠다.

유안은 고개를 푹 숙이고 셔틀에 올랐다.

'으아, 이제 내 인생은 끝이야⋯.'

셔틀은 우주로 진입한 뒤 커다란 우주선과 도킹했다. 블랙 유니버스가 활동에 사용하는 여러 우주선 중 하나로, 수십 명이 생활할 수 있으면서 뛰어난 기동성을 갖추고 있다고 했다.

우주선의 어느 방으로 안내받은 유안 일행 앞에 간단한 먹을거리가 놓였다. 티어린이 맞은편에 의자를 가져와 앉으며 물었다.

"아까부터 계속 궁금했는데, 하셀리온이라는 게 누굴 말하는 거야? 너희끼리 하는 놀이 같은 거야?"

유안이 한숨을 쉬었다.

"설명하자면 긴데⋯."

하지만 티어린은 느긋했다.

"시간 많은데, 뭘."

유안은 지금까지 있었던 일을 모두 털어놓았다. 중간중간 태유와 프릴라도 거들었다. 코리나는 처음 듣는 이야기가 많아서 호기심 어린 표정으로 고개만 열심히 끄덕였다.

이야기를 다 들은 티어린은 몸을 젖혀 의자에 기대 앉아 생각에 잠겼다.

"흠. 재미있는 이야기로군."

"재미있다고요?"

유안이 발끈했다.

"재밌잖아. 물론 저 아이가…."

티어린은 손을 들어 프릴라를 가리켰다.

"…마법 세계에서 왔다는 말을 믿는 건 아니야. 그럴 리가 있나."

프릴라가 흥분해 벌떡 일어나서 말했다.

"당신이 믿건 안 믿건 상관없어! 그건 하셀리온이 분명하다고! 난 그 얼굴을 잊을 수 없어. 그때 나를 쳐다보던 그 표정도…."

"그 이야기가 사실이든 아니든 나도 상관없어. 다만 그 노바라는 과학자에게 수상한 면이 있다는 것만큼은 분명하지. 우리도 전부터 이상하게 여기고 있었다고."

그러자 프릴라도 다소 누그러졌다. 티어린은 말을 이었다.

"과학계의 신성, 노바. 과학계에 등장한 지 불과 일 년도 되지 않아서 펜로즈 프로젝트의 책임자가 된 천재 과학자. 과거 행적은 수수께끼. 심지어 정식 학교에서 학위를 받지도 않았어. 모든 지식을 독학으로 쌓았다고 하지. 그게 말이 되는 일일까?"

"당연히 말이 안 되죠!"

"하셀리온은 불세출의 천재라고요!"

유안과 프릴라가 동시에 외쳤다.

"아, 아, 진정해. 어느 쪽이든 수상한 건 마찬가지야. 중요한 건 노바가 너희에게 누명을 씌우고 잡아가려고 하는 이유야."

"그냥 잡아가려고만 한 것도 아니에요. 처음에는 죽이려 했다고요!"

유안이 말했다.

"그래?"

티어린의 눈썹이 꿈틀거렸다. 유안 대신 프릴라가 대답했다.

"그래요. 내가 하셀리온과 마주쳤다가 너무 놀라서 도망친 직후에."

"흠. 만약 네 말대로 노바가 하셀리온이라고 하자. 그자가 네 얼굴을 알아?"

"모, 몰라요. 일대일로 마주친 적은 없지만, 먼발치에서 봤을지는 모르겠어요. 그게 아니라도 나한테서 어떤 분위기가 풍기는 걸 지도 몰라요. 그자는 눈치가 매우 빠르니까. 아니면, 그 사람 얼굴을 보고 내가 너무 티 나게 겁을 내서…."

"그래, 그럴지도 모르겠군. 요약하자면 마법 세계에서 우연히 이쪽 세계로 오게 된 뒤에 빠르게 뛰어난 과학자가 되어서 뭔가를 꾸미고 있는데, 같은 마법 세계에서 온 너를 알아보고 후환을 없 애기 위해 로봇을 보내 공격했다…가 되겠군? 처음에는 죽이려고 했지만, 실패한 뒤에 계획을 바꿔서 가족을 비롯한 관련자까지 누명을 씌워 모두 잡아들이려고 했다?"

"그, 그런 거지요."

프릴라가 인정했다. 유안도 티어린의 해석을 들으니 지금까지 겪은 일이 어느 정도는 말이 되는 것 같았다. 마법 세계 어쩌구만 빼고.

티어린이 한숨을 쉬었다.

"마법 세계에서 왔다는 것부터가 말이 안 되니 그렇다고 할 수 는 없지. 그런데 그게 아니면 너희 같은 아이들을 잡아가려고 누명까지 씌우는 걸 설명할 수 없고. 이걸 어째야 할지 모르겠군. 일 단 쉬어라. 천천히 생각해 보자. 당분간은 여기서 지내겠지만, 우 주선 안을 함부로 돌아다닐 수는 없을 거야. 우리도 너희를 믿을 수는 없으니까 말이야."

티어린이 나가려 하자 유안이 불렀다.

"잠깐만요!"

"뭐지?"

"당신들은 블랙 유니버스잖아요. 우주 개발 프로젝트를 방해하는 테러 단체라는 거 알아요. 지금은 어쩔 수 없어서 함께 있지만, 전 당신들의 계획에 동조하지도 않고 참여하지도 않을 거예요. 그걸 확실히 해 두고 싶어요."

유안이 떨리는 목소리로 말했다. 티어린은 씩 웃었다.

"왜 우리가 테러 단체라고 생각하지?"

"네? 그, 그건⋯."

"아, 그래. 뉴스에서 그렇게 말하니까. 그런데 생각해 봐. 우리가 누굴 죽이거나 뭔가를 폭파한 적이 있어?"

방 안의 분위기가 얼어붙기 시작했다. 태유와 프릴라, 코리나는 서로 바라보며 눈치만 보았다.

"그런 건 아니지만⋯."

"우리가 다소 과격하다는 건 인정해. 하지만 그렇게 하지 않으면 아무도 우리 이야기를 안 들어 준다고. 우리는 나름대로 최선을 다하고 있는 거야."

"애초에 펜로즈 프로젝트 같은 걸 왜 반대하죠? 은하계의 에너지 문제를 해결할 수 있는 좋은 방법이잖아요."

유안이 따져 묻자 티어린이 차갑게 웃었다.

"그다음에는?"

"네?"

"그다음에는 어쩔 거지? 그렇게 해서 더 많은 에너지를 만들고, 더 많은 행성에 진출하겠지. 그러면 에너지가 더 필요해지겠지? 그러면 더 많은 에너지를 만들기 위해 계속해서 별들을 폭발시키겠지. 언제까지 그렇게 할까? 지금은 한두 개에 불과하지만, 먼 미래에 우리 인간이 은하를 빼곡히 채운 다음에는?"

"그, 그건….''

유안은 그렇게 먼 미래를 생각해 본 적은 없었다. 티어린은 긴 한숨을 내쉬며 설명했다.

"우리도 모든 우주 개발에 반대하는 건 아니야. 다만 불과 천 년도 안 되어서 인간이 은하계의 상당 부분을 장악한 것에 대해 좀 더 고민해 보자는 거지. 인간이 우주로 처음 기어나오기 시작했던 천 년 전에 우리가 아는 우주는 전체의 4퍼센트에 불과했어. 암흑물질과 암흑에너지라는 미지의 존재가 나머지 96퍼센트를 차지했다고. 그만큼 우리는 우주에 대해 까맣게 몰랐어. 지금은? 지금은 그보다는 많이 알지만, 여전히 우주는 수수께끼로 가득해. 그런데 우리는 그 얼마 안 되는 지식으로 은하계 이곳저곳을 날아다니며 초신성을 빵빵 터뜨리려 하고 있지. 아무것도 모르는 어린아이가 무서운 무기를 갖고 흔드는 꼴일 수도 있다는 거야. 우리 단체의 이름이 블랙 유니버스인 건 그런 우리의 무지를 환기하기 위해서야."

유안은 뭐라 대꾸할 말을 찾지 못했다. 티어린은 괜한 말을 했다는 듯한 표정을 짓고는 일단 좀 쉬라고 하며 방을 나갔다.

유안은 의자에 주저앉은 채로 생각에 잠겼다.

시간이 천천히 흐르는
우주선

블랙 유니버스의 우주선에 오른 뒤로 몇 주가 지났다. 그동안은 딱히 아무 할 일이 없었다. 티어린은 은하 네트워크에 접속해 뉴스를 확인하는 건 허락해 주었지만, 아무에게도 연락하지 못하게 막았다. 위치가 노출될 수 있다는 이유였다.

블랙 유니버스 일원들도 별다른 활동 없이 이 행성, 저 행성을 떠돌며 숨죽여 지냈다.

"요즘 보안이 삼엄해졌어. 어디든 접근하기가 어렵다."

언젠가 티어린이 지나가듯이 말했다. 모두 무료한 시간을 보낼 수밖에 없었다.

그 와중에도 티어린은 다른 활동가들과 긴밀하게 연락을 취하며 정보를 수집하는 것 같았다. 하지만 자세한 이야기를 들을 수는 없었다. 블랙 유니버스의 활동과 엮이지 않겠다고 선언한 유안이었지만, 호기심이 이는 건 어쩔 수 없었다.

티어린은 언제든지 원하면 가까운 행성에 내려 주겠다고 약속했지만, 유안과 태유, 프릴라는 여전히 수배 대상이었다. 오해가 해소되고 부모님이 풀려나기만을 기다렸지만, 간간이 올라오는 기사는 여전히 그들의 행방이 묘연하다는 내용뿐이었다. 게다가 기사 댓글은 비난하는 내용 일색이었다. 그 속에서 유안은 자기도 모르는 사이에, 인류의 에너지 문제를 해결할 사상 최대 프로젝트를 방해하려는 못된 인간이 되어 있었다. 간혹 같은 학교 학생들이 달아 놓은 비난 메시지도 보였다.

'과학 좋아하는 척하더니 다 위장이었어! 왠지 위선자일 것 같더라니!'

이런 글을 볼 때마다 유안은 괴로웠다.

한편 펜로즈 프로젝트에 관한 기사는 시간이 갈수록 점점 많이 올라왔다. 은하계 전체의 시선이 쏠린 계획이니만큼 당연했다. 총책임자인 노바의 아이디어로 프로젝트의 효율이 더 좋아졌다는 이야기도 있었다. 유안은 때때로 펜로즈 프로젝트를 두고 티어린과 논쟁을 벌였다.

"전 아직도 이해가 안 가요. 과학은 진보해야 하지 않아요? 왜 그런 발전을 가로막으려는 거예요?"

"진보해야 한다는 데 반대하는 건 아니야. 진보의 방향을 문제 삼는 거지. 갈수록 에너지가 많이 필요해진다고 해서 멀쩡한 별을 터뜨리고 다니는 게 옳을까? 그게 아니라 에너지를 덜 사용하는 발전 방향을 모색해야 하지 않을까?"

"그런 연구도 하고 있다고요."

"그리고 초신성 폭발은 엄청난 고에너지 입자를 방출해. 그건 생명체에 해롭지."

"그래서 가능한 외딴곳에 있는 별을 폭발시키는 거잖아요."

"그 경우에는 에너지를 은하계 곳곳으로 전달하는 게 어려워지지. 블랙홀을 어디에 만들지, 각 행성으로 누가 어떻게 전달할지에 엄청난 이권이 개입되어 있는 걸 아니? 과학기술의 성과에는 이런 이면도 있는 법이란다."

"…"

"무엇보다 그럴 거면 이미 있는 블랙홀을 이용해도 충분한 일이야. 멀쩡한 별을 폭발시켜 블랙홀로 만들면서 과학기술력을 과시하려는 마음도 있는 거지."

그건 부인할 수 없었다. 인공적으로 블랙홀을 만들 수 있다는 건 현대 과학기술의 엄청난 성취였다. 그래서 유안 같은 과학 마니아가 매혹되어 있는 것이기도 했다.

"저번에도 말했듯이 아직 우리는 우주에 관해 모르는 게 많아. 그런 상황에서 이런 엄청난 일을 함부로 벌여도 되는 걸까?"

"문제가 생겨도 해결할 수 있을 거예요! 여태까지 그래 왔잖아요. 필요할 때마다 노바 같은 뛰어난 과학자가 등장하고요."

노바 이야기가 나오자 티어린이 걱정스러운 표정을 지었다.

"그 노바란 인물이 참 흥미롭더군. 짧은 시간 안에 그런 지위에 오르다니. 하지만 네 생각처럼 무작정 찬양만 받고 있지는 않아."

"그게 무슨 소리예요?"

"비판적인 시각도 있다는 소리다. 기사에는 잘 나오지 않지만, 과학계 내부에는 노바에 비판적인 세력이 있어."

"노바가 잘나가니까 당연히 시기하는 사람도 있겠죠."

"그렇게 단순한 문제는 아니야. 노바의 명성 때문에 과학적인 토론이 잘 이루어지지 않는다는 게 문제지. 노바가 뛰어난 아이디어로 펜로즈 프로젝트를 앞당긴 건 누구나 인정해. 그런데 그 과정에서 도입한 새로운 이론과 기술이 확실한 검증을 거치지 않았다고 지적하는 사람들도 있지."

"블랙 유니버스 같은 사람들이겠죠."

유안이 빈정거리듯 덧붙였다.

"노바가 내놓은 이론이 워낙 어렵다 보니까 이해할 수 있는 사람이 별로 많지 않다는 게 문제인 거야. 지금 돌아가는 펜로즈 프로젝트의 전체를 이해할 수 있는 사람이 과학계 전체에서도 한 줌밖에 안 된다는 거지. 지금은 어떻게 해서인지 노바 세력이 프로젝트를 주도하고 있지만, 일각에서는 실패를 바라고 있기도 해. 어디서 굴러들어왔는지 모를 사람이 갑자기 꼭대기에 올라갔으니 끌어내리고 싶은 사람도 당연히 있겠지."

"당연하죠. 하지만 노바는 멋지게 성공할 거예요."

"그 성공이란 게 과연 무엇의 성공일까…? 노바의 목적이 다른 데 있다는 소문도 있어. 하도 이상해서 가끔은 프릴라가 말한 게 사실일까 하는 생각까지 든다니까? 하하!"

티어린이 농담으로 마무리했지만, 유안은 대답하지 않았다.

마침내 블랙 유니버스가 계획을 확정한 모양이었다. 우주선 안이 분주해졌다. 하지만 지나가는 사람을 붙잡고 물어도 자세히 알려 주지는 않았다. 프릴라는 드디어 하셀리온에게 대항할 준비를 하는 것 같다고 흥분했고, 코리나는 뭐가 됐든 신나는 일이 생기면 좋겠다고 기뻐했다.

어느 날 티어린이 오랜만에 나타나 계획을 설명했다.

"펜로즈 프로젝트 개시일이 정해졌다. 너희도 뉴스를 봤다면 알고 있겠지. 우리 블랙 유니버스는 그때에 맞춰 대규모 시위를 벌이기로 했다. 걱정하지 마. 폭력은 쓰지 않을 거니까."

티어린이 유안을 보며 찡긋했다.

"내일 출발할 거야. 그렇게 알고 있어."

그러자 유안과 태유, 코리나가 한목소리로 물었다.

"내일요? 프로젝트를 시작하려면 아직 일 년은 남았는걸요?"

유안은 그 전에 누명을 벗고 집에 돌아갈 수 있게 되기만을 바라고 있었다. 블랙 유니버스의 시위에 참여할 생각은 눈곱만큼도 없었다. 게다가 일 년이나 남았는데, 벌써 출발이라니 무슨 소리일까?

"일 년 전부터 가서 뭘 하려고요?"

태유가 묻자 티어린은 웃으며 대답했다.

"미안하지만, 이번에는 초광속으로 갈 수 없어. 초공간에서 빠져나오는 모든 경로가 엄중한 감시를 받고 있거든. 우리는 최대한 가까이 간 뒤에 상대론적 속도로 이동할 거야."

유안과 태유, 코리나는 모두 놀라서 입을 다물지 못했고, 프릴라만 어안이 벙벙한 표정으로 두리번거렸다.

"무슨 소리야? 왜 다들 놀라?"

유안이 간신히 정신을 추스르고 대답했다.

"초광속을 이용하지 않고 광속에 가까운 속도로 움직이겠다는 소리야."

"광속이면 빛의 속도? 그게 왜?"

"그렇게 빠른 속도로 움직이면 상대성 원리 때문에 시간의 흐름이 달라져."

"어떻게?"

"우주선 안에서는 시간이 천천히 흐른다고 할 수 있지. 그동안 외부에서는 빨리 흐르고."

"무슨 소리야, 그게?"

프릴라가 이해를 하지 못하고 계속 캐물었다. 코리나가 답답하다는 듯이 끼어들었다.

"상대성원리 몰라? 우리가 광속에 가깝게 움직이면 우리의 시간이 천천히 흐르게 된다는 거야. 예를 든다면 우주선 안에서는 한 달이 지났는데, 외부에서는 일 년이 지날 수도 있다는 거지."

"시간을 천천히 흐르거나 빨리 흐르게 만드는 마법이라면 들어본 적이 있어. 그런 건가?"

"아니, 이건 마법이 아니야. 우주의 법칙이라고."

유안이 맞받아쳤다.

"마법도 우주의 법칙을 알아내서 이용하는 거야. 네가 말하는 과학과 같은 거라고."

둘의 대화가 기싸움으로 이어지려 하자 티어린이 뜯어말렸다.

"자, 자, 됐어. 지금 그게 뭐가 중요하냐. 어쨌든 우리는 곧 가속할 예정이니까 그렇게 알고 있어. 우주선 시간으로는 약 두 달, 외부 시간으로는 약 일 년이 걸리는 여행이다. 그러니 한 십 개월 정도 미래로 시간 여행을 하는 셈이지. 미안하지만 어쩔 수 없어."

티어린은 설명을 마치고 나가 버렸다. 이 사실을 받아들이는 태도는 각각 달랐다. 한참 더 설명을 듣고서야 이해하게 된 프릴라는 하셀리온이 그동안 무슨 짓을 저지를지 모른다며 걱정했다. 코리나는 특이한 경험을 해 보게 됐다며 그저 즐거워했다. 유안과 태유는 심란했다. 그렇게 되면 사실상 집을 떠난 기간이 무려 일 년을 훌쩍 넘게 된다. 체포되어 계신 부모님에게 그게 얼마나 긴 시간일지….

티어린의 말대로 우주선은 가속을 시작했다. 우주선의 인공 중력을 끄고 표준 중력가속도와 같은 약 1G로 광속에 비교적 가까워질 때까지 가속했다. 그리고 목표 속도에 이르자 가속을 멈추고 등속운동으로 전환했다.

"등속운동은 일정한 속도로 계속 움직인다는 소리지. 가만히 놔두면 계속 같은 속도로 움직이거든."

우주선의 움직임에 변화가 생길 때마다 유안은 프릴라에게 일일이 설명해야 했다.

"가만두면 멈춰야지 계속 움직인다고?"

"관성 때문이지. 원래 외부에서 힘을 받지 않으면 같은 속력과 방향으로 움직이게 되어 있어. 행성에서는 공기도 있고 중력도 있어서 잘 못 느끼지만, 우주에서는 일단 한번 가속하면 그다음부터는 계속 관성으로 움직여."

이런 이야기들이나 나누며 무료함을 달래는 동안, 외부에서는 시간이 훅훅 빠르게 지나가고 있을 터였다. 티어린은 가끔 유안 일행에게 들러 초광속 통신으로 받은 펜로즈 프로젝트 관련 소식을 전해 주었다.

펜로즈 프로젝트는 예정대로 진행되고 있었다. 시간이 흐를수록 노바를 따르는 과학자의 수는 점점 늘어나고 있다고 했다. 노바가 설계한 대로 프로젝트를 진행하는 데 전혀 무리가 없다는 소리였다.

유안은 언론이 소개한 노바의 펜로즈 프로젝트 개요를 찬찬히 살펴보았다. 대체로 지난번과 비슷했다. 지난 실험 결과를 바탕으로 안정성을 향상시키고, 이번에는 블랙홀에서 에너지를 추출하는 공정까지 이루어질 예정이었다.

문득 지난번에 마누팩토가 만든다던 거대 레이저 장치는 어떻게 되어 가고 있는지 궁금해졌다. 매우 중요한 설비 같았는데도 공개된 정보가 많지 않았다.

"하셀리온이 하는 일이라면 뭔가 의도가 있을 거야. 절대로 허튼짓을 하지 않는 사람이니까."

프릴라가 말했다. 유안은 좀 더 자세히 찾아보았다. 정보가 있긴 있었다. 펜로즈 프로젝트 자체와는 큰 상관이 없고, 초신성이 폭발할 때 나오는 중력파를 연구하기 위한 실험 장비라고 했다. 초신성 근처의 빈 우주 공간에 따로 설치해야 했다.

'중력파?'

중력파에 관해서는 이미 오래전에 잘 밝혀진 상태라 새로 무엇을 연구한다는 건지 알 수가 없었다. 하지만 노바는 중력과 공간에 관한 새로운 이론을 탐구하기 위해서라는 짤막한 설명만 남겼다. 유안은 미심쩍었지만 티어린은 대수롭지 않게 치부했다.

"어디라고? 굉장히 뜬금없는 곳에 설치한 느낌인데? 어쨌든 무슨 연구를 하려나 보지."

유안은 포기하지 않고 티어린에게 이에 관한 정보를 더 찾아 달라고 요청했다. 티어린은 귀찮다는 표정을 지었지만, 유안이 끈질기게 조르자 알겠다고 대답했다.

우주선은 얼마 지나지 않아 감속에 들어갔다. 감속을 마치고 나면 외부 시간으로는 일 년이 지나 있게 된다. 우주선 안에 있는 유안으로서는 평소와 다른 점을 전혀 느낄 수 없었지만, 초광속 통신으로 들어오는 뉴스를 보면 외부 시간이 빠르게 흐르고 있다는 걸 알 수 있었다. 배워서 알고 있기는 했지만, 막상 실제로 상대성 원리를 체감해 보니 신기했다.

목적지에 도달하기 직전, 티어린은 계획을 다시 한번 간단히 설명했다.

"우리는 펜로즈 프로젝트를 위한 설비를 점거해 계획 실행을 늦출 생각이다. 블랙 유니버스 소속 우주선 여러 대가 동시에 기습할 거야. 그중 한 군데만 성공하더라도 어느 정도 방해가 되겠지."

"그래 봤자 소용없을걸요."

유안이 냉소적으로 말했다.

"그건 우리도 알아. 하지만 저번에도 말했듯이 우리의 뜻을 알리는 게 중요한 거다. 그리고 미안하지만, 이제는 너희가 내리고 싶다 해도 내려 줄 수 없어. 이 계획이 끝날 때까지는 우리와 함께 움직여야 해. 걱정 마. 너희가 위험해질 일은 없을 테니까."

"워워, 잠깐만요! 우리는 이 일에 끼고 싶다고요. 이런 재미있는 일에 빠질 수 없지!"

코리나가 프릴라와 어깨동무를 하며 외쳤다. 프릴라도 주먹을 불끈 쥐며 말했다.

"하셀리온을 조금이라도 저지할 수 있다면, 난 무슨 일이든 하겠어!"

"좋아. 그래도 너희는 아직 어려서 위험한 일을 시킬 순 없어."

"난 전쟁에도 참가해 봤다고요!"

프릴라가 소리쳤지만, 티어린은 웃어넘겼다.

"너희가 위험하지 않으면서 도울 수 있는 일을 찾아보마. 코리나는 기술자니까 할 만한 일이 있을 거야."

프릴라는 씩씩거렸지만 더 이상 말은 하지 않았다. 티어린은 방을 나가다가 문득 생각난 듯 몸을 돌려 유안을 보며 말했다.

"레이저에 관한 정보는 아직 못 구했다. 찾게 되면 알려 주지."

마침내 그날이 왔다.

프릴라와 코리나는 잡일이라도 돕겠다고 나섰지만, 유안과 태유는 방 안에 머물렀다. 대충 들은 세부 계획은 이랬다.

감시망을 피해 숨어 있던 블랙 유니버스 우주선 여러 대가 동시에 서로 다른 시설을 급습한다. 각 우주선에서는 수백 개의 작은 인공위성이 쏟아져 나와 각 시설이 동기화를 위해 주고받는 신호를 교란한다. 동시에 블랙 유니버스가 은하계 전체에 보내는 메시지를 송출한다.

우주선은 금세 철수하겠지만 각 우주선이 쏟아낸 천 대가 넘는 작은 인공위성을 모두 찾아내 치우는 데는 시간이 꽤 걸리리라는 계산이었다.

이 계획을 위해 블랙 유니버스가 그간 쏟아부은 비용과 노력은 상당한 모양이었다. 가끔 마주치는 우주선 안의 단원들 모두 긴장이 역력한 표정이었다.

레이저 문양의
비밀

블랙 유니버스의 계획은 완전한 실패로 끝났다.

우주선의 방 안에만 있던 유안과 태유는 상황이 어떻게 돌아갔는지 전혀 알 수 없었다. 다만 여러 차례의 경고 없는 급격한 가속이 있었던 것으로 보아 이리저리 급하게 움직였다는 건 눈치챌 수 있었다.

풀 죽은 표정으로 돌아온 프릴라와 코리나가 결국 프로젝트 근처에도 다가가지 못했다는 사실을 털어놨다.

"조종실에서 얼핏 봤는데, 감시가 너무 철저하더라고. 구멍이 전혀 없어, 전혀."

코리나가 고개를 저으며 말했다.

좀 더 시간이 지나 우주선 안에서 떠도는 이야기를 들으니 작전에 참여한 블랙 유니버스 소속 우주선이 상당수 나포되었다고 했다. 유안이 탄 우주선은 경찰선의 추적과 포위를 간신히 따돌리고 초광속 도약을 할 수 있었다.

그러고 나서 얼마 뒤 티어린이 나타났다. 잠을 제대로 자지 못한 듯 몹시 초췌한 얼굴이었다.

"대충 들었겠지? 실패다, 실패. 완전히 실패했어. 그 정도로 철저하게 감시하고 있었을 줄이야. 우리 우주선도 많이 붙잡혔고, 조직이 무너질 정도야. 유안이 네 바람대로 됐구나. 어쨌든 다들 조금만 기다려. 아직 들키지 않은 다른 우주선으로 갈아타서 원하는 행성에 내리도록 해 줄 테니. 거기서부터는 알아서 해라. 경찰에 잡혀 가든, 몰래 집까지 갈 수 있다면 가 보든."

티어린은 마지막으로 유안을 돌아보며 덧붙였다.

"아, 네가 원하던 정보가 왔더라. 단말기로 전송해 뒀으니 여기서 나갈 때까지 심심하면 그거나 보고 있어, 과학 마니아 친구."

유안은 초광속 통신으로 초신성 폭발 장면 생중계를 지켜보았다. 지난번에 봤던 모습과 다르지 않았지만, 기분은 사뭇 달랐다.

흥분해 떠드는 아나운서와 해설가의 말을 듣는 유안의 심경은 복잡했다.

'이제 난 어떻게 되는 걸까? 과연 누명을 벗을 수 있을까?'

블랙 유니버스와 헤어지는 건 반가웠지만, 그다음 일도 무척이나 걱정이었다.

유안은 티어린이 마지막 선물처럼 남기고 간 자료를 띄워 보았다. 우주 공간에 설치된 레이저의 배열이 삼차원으로 나타났다. 과학자가 아니니 정확히 알 수는 없었지만, 노바는 정말로 중력파에 관해 조사하려는 것 같았다.

유안이 삼차원 레이저 배열을 이리저리 돌려 보면서 한숨을 내쉬고 있을 때, 태유가 궁금했는지 가까이 왔다. 한동안 옆에서 레이저 배열을 물끄러미 바라보던 태유가 억— 하는 소리를 냈다.

"왜?"

유안이 물었다.

"잠깐 아까처럼 돌려 봐."

"뭐라고?"

"아까처럼 돌려 보라고. 아니, 잠깐만 비켜 봐."

태유가 답답해하며 유안이 띄워 놓은 레이저 배열을 직접 이리저리 움직였다. 시무룩하게 누워 있던 프릴라와 코리나가 무슨 일인가 싶어 쳐다보았다.

"아까 어떤 각도에서 보니까 언뜻…."

"뭐가?"

"됐다!"

태유가 외치며 뒤로 몇 발짝 물러났다. 그리고 고개를 살짝 기울여 화면을 보더니 다시 외쳤다.

"이거야!"

"이게 뭐라는 거야?"

"마법진이야!"

"뭐라고?"

황당한 소리였다. 이 판국에 뜬금없이 마법이라니. 유안은 성질이 나서 태유를 밀쳤다.

"야! 지금이 네 취미 생활이나 하고 있을 때야?"

"아니, 진짜 마법진이라고. 저거 어디서 본 적이 있어."

태유가 버티고 서서 레이저 배열을 가리켰다.

"프릴라! 여기 와서 이것 좀 봐."

프릴라가 엉거주춤하며 다가왔다.

"뭐가 마법진이라는 거야? 내가 보기에는 그냥 도형인데?"

"아니, 여기서 이 각도로 잘 봐 봐. 삼차원이지만 평면에 있다 생각하고 보라고."

"여기서 이렇게? 그런다고…."

갑자기 프릴라의 눈이 커졌다. 서서히 입이 벌어지더니 외마디 소리가 터져 나왔다.

"이거!"

"맞지?"

태유가 의기양양하게 말했다.

"이거 어디서 본 적이 있어! 어디였더라? 우리가 흔히 쓰는 마법은 아니었는데…."

"그래. 나도 어디서 본 기억이 나. 뭔가 되게 고급 마법이었던 듯."

유안은 이마를 찡그린 채 가만히 듣고 있었다. 마법 따위는 판타지에나 나오는 이야기라고 생각했지만, 이렇게까지 둘이 한목소리로 말하니 그냥 망상으로 치부해 버리기는 좀 그랬다.

"그런데 꼭 이 각도에서만 보이는 거면, 우연 아니야?"

어느새 다가와 있던 코리나가 시큰둥하게 말했다.

"그러게?"

유안도 거들었다.

"그렇다기에는 모양이 너무 정확한 듯? 이런 게 우연일 수 있을까? 난 이게 의도한 마법진이라고 생각해."

태유는 단호했다. 프릴라는 레이저 배열을 뚫어져라 쳐다보고만 있었다.

"잠깐만. 그렇다면 노바인가 하셀리온인가가 저기서 정말로 마법을 쓰려 하고 있다는 거야? 그러면 가만있을 수 없잖아? 내 첫 모험이 시시하게 끝나서 실망스러웠는데, 잘됐다!"

코리나가 외치며 방을 뛰어나갔다.

"프릴라, 무슨 마법인지 기억나?"

"아니, 아직. 분명히 어디서 봤어. 어디선가… 오래된 책에서 얼핏 봤던 기억이…."

프릴라가 여전히 멍한 눈으로 레이저 배열을 응시하며 중얼거렸다.

"아유, 내 자료가 있으면 좋을 텐데. 지금은 아무것도 없으니."

태유가 아쉬워하며 거들었다.

뛰어나갔던 코리나는 금세 티어린을 데리고 돌아왔다. 티어린은 여전히 귀찮다는 표정을 하고 있었다.

"도대체 무슨 일이야?"

"어, 그게…."

유안이 입을 열었지만, 차마 말이 떨어지지 않았다.

"우리는 노바가 여기서 무슨 짓을 꾸미고 있다고 생각해요."

태유가 공중에 떠 있는 레이저 배열을 가리키며 말했다.

"저거? 저게 뭐야?"

"저번에 저한테 준 노바의 중력파 연구 시설 계획도요."

유안이 대답했다.

"아, 그거? 우린 순수한 과학 연구를 방해할 생각은 없어."

"저건 마법진이에요."

"뭐라고? 또 마법이야? 장난도 상황을 좀 보고 쳐야 하지 않나?"

티어린이 처음으로 얼굴을 붉히며 언성을 높였다. 진심으로 화가 난 모양이었다.

"지금 이 상황에 그딴 망상이나 늘어놓고 싶어?"

하지만 태유는 굽히지 않았다.

"장난이 아니에요. 저건 마법진이 분명하다고요. 제가 말했었죠. 저번 초신성 폭발 때 마법진을 그리면서 놀고 있는데 프릴라가 갑자기 나타났다고요. 무슨 원리인지는 모르겠지만, 초신성이 폭발하면서 공간에 어떤 영향을 줬고, 그 때문에 일시적으로 프릴라가 온 마법 우주와 우리 우주가 중첩되었을지도 몰라요. 저는 우연히 그렇게 한 거지만, 노바는 천재라고 하니까 그렇게 되는 조건을 찾아냈을 수도 있잖아요. 그러면 이번 초신성 폭발에 맞춰서 마법진을 그려 뭔가 계획하고 있을 수 있어요. 게다가 레이저로 우주에 저렇게 거대한 마법진을 그렸으니 무슨 엄청난 마법일지 상상도 안 된다고요."

유안은 태유가 이렇게 당당하게 논리를 펼치는 모습을 처음 보았다. 태유의 말을 믿는 건 아니었지만, 왠지 설득될 것만 같은 기분이었다.

티어린은 여차하면 태유를 한 대 칠 것 같은 표정이었다. 유안이 얼른 나서서 말했다.

"만약 태유의 말이 맞다면, 노바는 분명히 저기 있을 거예요. 그것만 확인해 볼 수 있어요?"

티어린이 유안에게 시선을 옮겼다. 그러고는 말없이 뒤돌아서 방을 나가 버렸다.

유안은 아무렇게나 주저앉아 눈을 감았다. 어쩌다 인생이 이렇게 꼬였는지 알 수가 없었다. 태유와 프릴라는 여전히 말없이 레이저 배열만 뚫어져라 쳐다보고 있었다.

그런데 아예 가 버린 줄 알았던 티어린이 다시 나타났다. 유안이 눈을 동그랗게 뜨고 쳐다보자 티어린이 말했다.

"네 말이 맞았어. 아직 남은 정보원을 통해 알아보니 노바가 지금 펜로즈 프로젝트 중앙통제실에 없다는군. 도중에 어디론가 떠났는데, 어디로 가는지 아무 말도 안 했대."

다들 말이 없었다.

먼저 입을 연 건 유안이었다.

"그러면 노바는….'

"…저기에 있는 게 분명해!"

태유가 외쳤다. 하지만 티어린은 신중했다.

"그렇게 단정할 수만은 없어. 게다가 노바가 연구 시설에 가 본다 해도 이상할 건 없….'

그때 커다란 비명이 들렸다. 뒤쪽에 떨어져 있던 프릴라였다. 프릴라는 파랗게 질린 얼굴을 두 손으로 감싸고 있었다.

"무슨 일이야?"

유안이 프릴라에게 뛰어갔다. 프릴라가 떨리는 목소리로 간신히 말했다.

"기, 기억났어…. 저 마법….'

"기억났어? 뭔데?"

태유가 화색을 띠며 물었다. 프릴라는 손을 달달 떨며 레이저 배열을 가리켰다.

"고대 마법서에서 본 마법이야. 수천 년 동안 아무도 실행 방법을 알아내지 못했다는…. 최강의, 아니 최악의 마법…. 왜 아무도 알아내지 못했는지 이제야 알겠어…. 내가 책에서 본 건 삼차원 마법진을 이차원으로 나타냈던 거야. 삼차원 공간에 그려야 한다는 걸 몰랐던 거지. 지상에서는 어렵지만 우주에서는 레이저로 그릴 수 있어. 하셀리온이 그걸 알아낸 거야!"

"그래서 도대체 그 마법이 뭔데 그래?"

태유가 재촉했다. 프릴라가 태유를 보며 말했다.

"현실 조작 마법."

"현실 조작?"

"현실을 원하는 대로 바꾸는 거야."

"원하는 대로?"

"그래. 원하는 대로."

프릴라의 말을 들은 유안이 끼어들었다.

"꼭 양자역학에 관한 옛날 이야기 같네."

"뭐라고?"

"옛날에 양자역학에 대한 여러 가지 이론이 있었어. 여러 가지 가능성이 확률적으로 중첩되어 있다가 측정과 동시에 하나로 붕괴한다거나, 그런 여러 가능성이 각각 하나의 세계로 존재한다거나 하는 거였지. 작가들은 그런 이론에 상상을 덧붙여서 재미있는 이야기를 만들었다고도 해. 여러 가지 세계 중에서 원하는 걸 고르는 것처럼 말이야. 그러면 현실 조작이나 마찬가지잖아."

"이건 지어낸 이야기가 아니야. 만약 이 마법이 성공하면 노바는 지금의 현실을 마음대로 바꿀 수 있게 된다고!"

"노바가 대체 어떤 세상을 만들려고 한다는 거냐?"

잠자코 듣고 있던 티어린이 물었다.

"그… 그건 몰라요. 어쨌든 좋은 결과는 아닐 게 분명해요!"

티어린이 황당하다는 듯이 웃었다.

"믿을 수도 없고, 안 믿자니 또 나름대로 그럴듯하고…."

유안이 끼어들었다.

"초신성의 중력파가 저곳에 도착하기까지 얼마 남았죠?"

그러고는 대답을 기다리지도 않고 직접 확인해 보았다.

"다섯 시간 정도."

네 사람이 모두 자신을 바라보자 티어린은 당황했다.

"뭐, 뭘 어쩌자는 거야?"

하지만 곧 한숨을 푹 쉬며 말했다.

"에휴, 어차피 망한 계획. 그래. 어디 한번 확인이나 해 보자."

11

가만있으면
이 세계는 끝장이야

티어린이 동료들을 설득하는 데 시간이 좀 걸렸지만, 다들 밑져야 본전이라는 생각으로 한번 가 보기로 했다.

유안 일행은 조종실에서 기다리고 있었다. 한동안 이 우주선에 머물렀지만 조종실에 와 본 건 처음이었다. 이제는 얼굴이 꽤 익숙한 티어린의 동료들이 유안 일행을 힐끔거렸다.

"그래도 위험하다고, 티어린. 재정비가 중요한 이 시기에 굳이 아이들 말을 듣고 그런 데까지 가 볼 필요가 있을까?"

유나라는 이름의 여성이 이마를 찡그리며 말했다.

"나도 완전히 믿는 건 아니지만, 어딘가 꺼림직한 구석이 있어. 노바란 인물에게 수상한 면이 있다는 건 다들 동의하잖아?"

"그렇긴 하지."

대부분이 고개를 끄덕였다.

우주선은 거대 레이저 시설에서 적당한 떨어진 곳에 도착했을 때, 초광속 도약을 빠져나왔다. 그 연구 시설은 근처에 별이나 행성이 없는 텅 빈 우주 공간에 놓여 있었다.

"아무래도 저기는 보안이 좀 더 느슨하지 않을까?"

티어린이 중얼거렸다.

"일단 접근해 보자."

유안은 초신성이 있을 방향을 찾아보았다. 얼마 뒤면 이곳도 초신성 폭발의 영향을 받아 위험해질 터였다. 그 전에 연구 시설을 둘러싸고 있을 보호 역장 안으로 들어가야 했다. 시간 안에 들어가지 못하면, 초신성 폭발에 휘말리지 않도록 초광속 도약으로 도망쳐야 했다.

티어린은 우주선이 역장에 충돌하지 않도록 주의하며 최대한 가까이 다가갔다. 거대 레이저는 무려 지름이 5만 킬로미터에 달하는 구 모양의 역장 안에 자리 잡고 있었다. 그 규모를 설명해 주자 프릴라는 사색이 되었다.

"마법진이 그렇게 크다고? 맙소사, 그렇다면 그 위력이 도대체 얼마나 클지…. 우리 왕국에서였다면 상상도 못할 일이야. 과학기술이라는 게 하셀리온에게 엄청난 무기를 쥐어 주고 말았구나…."

티어린은 역장 바깥쪽에서 시설을 염탐해 보았지만, 아무런 반응도 없었다.

"별거 없는데?"

유나가 티어린을 보며 말했지만 티어린은 고개를 갸우뚱했다.

"너무 조용하지 않아?"

"응?"

"그래도 노바가 주도하는 연구 시설인데, 너무 조용하다고. 대부분은 펜로즈 프로젝트 메인 쪽에 가 있겠지만, 여기에도 언론사 우주선 몇 대 정도는 와 있을 법하잖아. 근데 통신망이 조용해. 텅비었어."

유나가 주변의 초광속 통신망을 확인해 보더니 고개를 끄덕였다.

"그건 그렇네. 그럼 어떡할 거야?"

유안은 긴장한 채 티어린을 쳐다보았다. 티어린은 말없이 잠시 생각하다가 통신기를 들고 갑자기 명랑한 말투로 말했다.

"안녕하십니까, 은하와이드사이언스 채널의 파스토르 기자입니다. 이곳에서 진행 중인 연구에 관심이 있어 찾아왔습니다. 정보를 뒤늦게 아는 바람에 사전 신청을 못 했는데, 죄송하지만 취재가 가능할까요?"

티어린이 말을 마치자 다들 숨죽여 기다렸다. 응답은 한참이 지난 뒤에야 왔다. 무미건조한 기계음이었다.

"죄송합니다. 현재 취재가 불가능합니다. 향후에 보도 자료를 배포할 예정이니 보도 자료를 참조해 주시기 바랍니다."

티어린이 다시 통신기를 들었다.

"아, 정말 죄송합니다. 그런데 저희 초광속 도약기에 문제가 생겨서 당장 돌아가기가 어려울 것 같습니다. 여기 있다가는 초신성 폭발에 휘말릴 것 같은데, 잠시 역장 안으로 대피해도 되겠습니까?"

이번에는 한참을 기다려도 아예 응답이 없었다.

"아, 정말 급해서 그렇습니다. 역장 안으로 긴급 대피를 요청드립니다. 이것은 은하계 공통의 우주 비행 규약에 의거한 요청입니다. 재해 수준의 천체 현상으로 인해 피난을 요청할 시 반드시 응해야 한다는…."

통신이 중간에 끊겼다. 티어린이 통신기를 내던지듯 내려놓으며 말했다.

"뭔가 수상하긴 한데…."

"뭐 해요? 빨리 가서 하셀리온을 막아야 해요!"

프릴라가 재촉했다. 하셀리온의 얼굴만 보고도 무서워 벌벌 떨던 예전 프릴라의 모습이 아니었다. 유안은 프릴라가 진심이라고 생각했다.

'진심으로 하셀리온을 막아야 한다고 믿는 거야.'

하지만 티어린을 비롯한 다른 사람들은 그렇게까지 적극적이지 못했다. 당연한 소리였다. 어디서 왔는지도 모르는 아이 한 명의 말만 믿고 무작정 쳐들어갈 수는 없는 노릇이었다.

유나가 말했다.

"그렇다고 해 봤자 할 수 있는 게 없어. 우린 동료들도 다 잃었고…."

"음, 어쩔 수 없는 건가…. 괜히 위험한 짓을 벌일 수는 없지."

티어린이 중얼거렸다. 결국 돌아가자는 결론이 나왔고, 유안 일행은 다시 방으로 돌려보내졌다. 프릴라가 울음을 터뜨리자 유안이 말했다.

"정말 어쩔 수 없다고…. 보호 역장 밖에서 초신성 폭발에 휘말리면 우린 다 죽어!"

"사내자식이 죽음이 두려우냐?"

코리나가 벌떡 일어나며 외쳤다. 이제는 유안도 화가 치밀어 올라 맞받아쳤다.

"그러면 여기서 이렇게 죽으라고? 나도 이젠 질렸어, 마법이니 뭐니 하는 헛소리! 모험이 어쩌고 하면서 대책 없이 나서기만 하는 너도 그렇고 모두 짜증 난다고! 난 이제 감옥으로든 집으로든 가 버릴 거야!"

"자, 잠깐만⋯."

프릴라가 끼어들었지만, 유안은 계속 소리 질렀다.

"내가 여태까지 얼마나 참았는지 알아? 애초에 펜로즈 프로젝트 견학을⋯."

"잠깐만!"

프릴라가 눈물 젖은 얼굴로 외쳤다.

"왜 그래?"

태유가 물었다.

"돌아오고 있어."

"뭐가 돌아와?"

유안이 지겹다는 투로 물었다.

"내 마력."

"마력?"

되묻는 태유의 표정에 생기가 돌았다.

"마법을 쓸 수 있다는 거야? 그러고 보니 좀 있으면 초신성으로 인한 중력파의 변동이 도착할 시간이야! 설마 그때 내 소환 마법이 통했을 때와 비슷한 상황이 된 건가?"

"에휴, 제발 그만 좀⋯ 아얏!"

한숨을 쉬며 중얼거리던 유안이 머리에 통증을 느끼고 말을 멈췄다. 주변을 보니 작은 컵이 바닥에 떨어져 있었다.

"뭐 하는 짓이… 아얏! 아!"

계속해서 물건이 날아오자 유안은 손을 휘저으며 그만하라고 외쳤다.

"프릴라, 지금 이럴 때야? 그만 좀 던져!"

"던지다니, 내가 뭘? 잘 봐!"

유안은 간신히 눈을 뜨고 프릴라를 쳐다보았다. 프릴라는 두 손에 아무것도 들고 있지 않았다. 다만 춤을 추듯이 간단한 손동작을 반복하고 있을 뿐이었다. 그 손동작에 맞춰 주변의 물건들이 떠오르더니 유안을 향해 날아왔다. 태유와 코리나가 입을 쩍 벌리고 그 모습을 바라보고 있었다.

유안은 날아오는 식판을 피하며 외쳤다.

"이, 이게 뭐야? 지금 자기장을 이용해서 사기 치는 거 아니야?"

"자기장? 난 그런 게 뭔지 몰라."

"자석을 이용하는 거라면 플라스틱 컵이 날아갈 리 없잖아, 유안. 과학 마니아가 그런 것도 모르냐?"

태유가 끼어들며 말했다.

"그럼 대체…."

"마법이라고! 염력 마법! 프릴라가 마법을 쓸 수 있게 된 거야!"

"그러면…."

"하셀리온도 마법을 쓸 수 있게 된 거지!"

프릴라가 외치며 밖으로 뛰어나갔다. 태유와 코리나도 뒤따라 나갔다. 유안은 잠시 멍하니 있다가 뒤를 따랐다.

"무슨 소리야? 기다리라니!"

조종실에서는 티어린과 프릴라가 실랑이하고 있었다.

"함께해 달란 말 안 할게요. 잠깐만 떠나지 말고 기다리라고요!"

"뭘 하려고 그러는 거지?"

유나가 의심스러워하며 물었다.

"저 안으로 들어갈 거예요."

프릴라가 레이저 배열을 가리키며 말했다.

"나 원 참. 저기는 보호 역장으로 둘러싸여서 들어갈 수 없다니까."

"아니, 들어갈 수 있어요. 마법이라면요."

태유가 말했다. 어디서 났는지 빨갛고 끈적끈적한 액체가 담긴 통을 들고 있었다.

"그게 뭐냐?"

티어린이 물었다.

"식당에서 가져온 소스예요. 이걸로 공간 이동 마법진을 그릴 거예요."

"우와, 그런 걸로 그려도 돼?"

코리나가 신기한 듯 물었다.

"재료는 상관없어. 형태와 적절한 주문이 중요하지."

태유는 허락을 기다리지 않고 넓은 바닥 한 곳을 골라 마법진을 그리기 시작했다.

"그만두지 못해!"

유나가 얼굴을 찡그리며 소리 질렀다. 그러자 유나의 얼굴로 뜨거운 차가 담긴 머그컵이 날아갔다.

"어엇…."

그러나 머그컵은 유나의 얼굴 바로 앞에서 멈췄다. 움찔하던 유나는 김이 모락모락 나는 허공의 머그컵을 쳐다보며 눈을 크게 떴다. 재빨리 계기판을 확인한 뒤 다시 머그컵을 쳐다보았다.

"뭐지? 인공중력은 작동하고 있는데….""

"염력이라니까요."

태유가 마법진을 그리며 중얼거렸다. 티어린을 비롯한 모든 사람이 멍하니 머그컵만 바라보는 사이, 태유와 프릴라가 재빨리 마법진을 완성했다.

"됐다!"

프릴라가 마법진 한가운데로 걸어가 섰다. 유안이 황급히 입을 열었다.

"잠깐만! 정말로 공간 이동을 하려는 거야? 저기까지는 거리가 몇만 킬로미터나 되는데? 조그만 행성 지상에서면 몰라도 여기서도 될 거라고 생각하는 거야?"

"공간 이동 마법이 어려운 건 목적지의 정확한 위치와 거리를 알아내기 어렵기 때문이야. 적어도 우리 세계에서는 그랬지. 그런데 이 세계에서는 그게 꽤 쉽더라고. 그래서 기대를 걸어 보기로 했어. 어차피 가만있으면 이 세계는 끝장이야."

태유가 허락도 받지 않고 계기판으로 가더니 수치를 확인했다.

"미터 단위로 정확한 위치를 알 수 있으니 해 볼 만할 거야. 수치가 커서 주문에 잘 녹여야 하는데 괜찮겠어?"

"괜찮아. 나도 너희랑 살면서 배운 게 있다고."

프릴라가 주머니에서 포켓 컴퓨터를 꺼냈다.

"계산은 이게 대신 해 줄 거야. 사람보다 정확하다며."

태유가 싱긋 웃었다. 둘이 아주 죽이 척척 맞았다.

"하지만 거기엔 하셀리온이 있을 텐데? 네 마법으로 상대할 수 없잖아."

유안이 걱정스럽게 말했다.

"현실 조작 마법은 아무리 하셀리온이라 해도 쉽지 않아. 아마 지금부터 시작해도 마력이 최고조에 달할 때까지는 계속 집중해야 할 거야. 주변 감시가 허술하기를 기대해야지."

프릴라가 담담하게 말하고는 한마디 덧붙였다.

"그나저나 이제 너도 하셀리온이라고 부르네? 이제야 내 말을 믿는 거야?"

유안은 얼굴이 빨개졌다.

프릴라가 눈을 감으며 주문을 읊자, 스스로 그린 마법진이 은은하게 빛나기 시작했다. 티어린과 유나 둘 다 숨을 훅 들이마셨다. 태유가 마법진 안으로 걸어 들어가 프릴라 옆에 섰다.

"너도 가려고?"

유안이 물었다.

"당연하지. 어떻게 혼자 보내냐?"

태유가 씩 웃으며 대답했다.

"나도 가야지! 재밌겠다! 마법이라니!"

코리나도 뛰어 들어갔다. 마법진이 점점 더 밝게 빛났다.

유안은 지금 자신의 행동을 설명할 수 없었다. 자기도 모르게 마법진 안으로 뛰어들었던 것이다. 마법진이 넷의 온몸을 감싸며 밝게 빛났다.

유안은 눈을 감았다.

흑마법사,
베일을 벗다

몸이 허공에 붕 뜬 기분이 잠시 이어지더니 발에 뭔가 닿았다. 유안은 눈을 떴다.

유안과 태유, 프릴라, 코리나, 네 사람이 서로 꼭 붙은 채로 어디엔가 서 있었다. 블랙 유니버스 우주선의 조종실은 분명 아니었다.

'뭐야! 정말로 마법이 성공한 거야?'

그곳은 빛이 잘 들지 않는 어두침침한 복도였다. 넷의 양쪽으로 길게 통로가 이어져 있었다.

"우와, 정말로 마법이 통했어! 내 인생에서 두 번째야!"

태유가 감탄하며 외쳤다.

"정말이잖아? 나도 사실 완전히 믿지는 않았는데…. 그냥 재미있어 보여서 들어갔던 건데, 진짜였다니…."

코리나도 주위를 두리번거리며 말했다.

"그런데 이제 어떻게 하지?"

태유가 프릴라에게 물었다.

"계획이 뭐야, 프릴라?"

유안도 물었다.

"모, 몰라. 일단 오긴 왔는데. 어떡하지?"

용기를 내서 왔지만, 막상 오니 겁이 나는 모양이었다. 프릴라는 하셀리온을 마주쳤을 때처럼 몸을 덜덜 떨기 시작했다.

"우리가 여기 온 걸 알까?"

"마력에 작은 요동이 생겼을 테니 예민한 마법사라면 알 수 있을 거야. 하물며 하셀리온 정도라면…."

"뭐야? 그럼 우리 끝난 거 아니야? 무슨 대마법사라면서?"

코리나가 숨죽여 묻자 프릴라가 대답했다.

"그래도 중요한 마법을 시전할 때는 몸을 함부로 움직일 수 없어. 기회가 있을 거야. 절체절명의 순간에도 기회는 있다. 우리 교장 선생님께서 하신 말씀이지."

"모페시아 왕립마법아카데미 교장. 한때 뛰어난 마법사로 이름을 알렸던 자. 역시 그자의 제자로군."

어디선가 들려온 목소리에 프릴라의 온몸이 굳었다. 그 목소리는 유안도 알고 있었다. 바로 노바였다.

주위를 두리번거리는데 앞쪽 허공에 노바의 얼굴이 떠올랐다. 하지만 평소 같은 홀로그램 디스플레이는 보이지 않았다.

"투, 투영 마법!"

"하셀리온!"

태유와 프릴라가 동시에 외마디 비명을 질렀다.

"프릴라라고 했던가? 강연장에서 부딪혔을 때 알아봤다. 너도 나처럼 이 세계 인간이 아니라는 것을. 시공간의 요동이 생겼을 때 소환되어 온 것이겠지? 혹시나 내 계획에 방해가 될까 싶어 잡아 두려 했는데, 용케 빠져나가더니 여기까지 찾아왔군. 설마 내 계획을 간파한 건가? 그렇다면 칭찬해 줄 만하지. 그런다고 할 수 있는 일은 없겠지만 말이야."

"당신은 천재 과학자 노, 노바가 아닌가요?"

유안이 떨리는 목소리로 물었다. 노바의 시선이 유안을 향했다.

"그래. 내가 노바지. 노바가 하셀리온이고, 하셀리온이 노바다. 키아스 준의 아들 키아스 유안. 안 됐군. 프릴라에게 휘말려 여기까지 오다니. 괜히 부모님까지 고생시키고."

"우리 부모님에게 무슨 짓을 한 거예요!"

태유가 소리 질렀다.

"만에 하나 내 정체를 아는 프릴라가 방해되는 일이 없도록 너희 모두의 발을 묶어 두려 했던 거다. 어차피 잠시 후면 그러든 말든 아무 상관 없는 세상이 될 테니 걱정 말거라."

하셀리온의 목소리는 온화했지만 왠지 소름이 끼쳤다. 하셀리온은 도대체 무슨 세상을 만들려는 것일까?

"무, 무슨 짓을 하려는 거야?"

프릴라가 목소리를 쥐어짜 내듯 말했다. 하셀리온이 다시 프릴라에게로 시선을 돌렸다.

"너는 내가 무슨 일을 하려고 했는지 잘 알고 있지 않느냐?"

"알아! 당신은 온 세상을 자신의 지배 아래 두려고 했지!"

"그래. 그 생각은 여전히 변함없어. 그런데 마법을 시전하던 중 뜻밖에 시공간의 요동이 발생하면서 이 세계로 오게 되었다. 여기 오니 내 마법이 통하지 않더군. 이곳은 마법 대신 과학기술이 쓰이는 곳이었어. 귀찮지만, 처음부터 새로 익혀야 했지. 어렵진 않았지만."

인류가 수천 년 동안 쌓은 과학 지식을 불과 일 년 만에 익히는 게 어렵지 않았다는 말에 유안은 경악했다. 하셀리온의 얼굴은 자신의 능력에 대한 자신감으로 빛났다.

프릴라는 말없이 하셀리온을 노려보았다. 하셀리온은 개의치 않고 말을 이었다.

"하지만 과학기술을 쓰려면 여러 가지 기반 시설과 동료 따위가 필요하지. 혼자서 마음대로 할 수 있는 마법과는 달랐어. 그래서 난 내 마력을 되찾아오기로 했다. 내가 이곳에 오게 된 건 모종의 마법이 작용한 결과. 그런 조건을 다시 만족시키면 일시적으로 마법을 쓸 수 있을 거라 생각했고, 그 조건을 찾아냈다. 그 조건이 계속 유지된다면 좋겠지?"

하셸리온은 의미심장한 미소를 지었다.

"다, 당신 이곳을 마법의 세계로 만들 생각이군!"

프릴라가 손가락을 치켜들며 외쳤다.

"마법의 세계…."

유안이 중얼거리자 프릴라가 유안을 돌아보며 말했다.

"마법을 자유롭게 쓰는 하셸리온을 막을 수 있는 사람은 없어!"

"정확히는 과학과 마법의 세계지. 혼자 마음대로 쓸 수 있는 마법이 편하긴 하지만, 인간 하나하나를 감시하고 통제하는 데는 과학기술이 훨씬 더 유용하더군. 그 둘만 있다면 어느 세상이든 나의 뜻대로 할 수 있다. 으하하!"

하셸리온이 호탕하게 웃었다.

"곧 이 세상도 나의 위대함을 알 수 있게 될 것이다. 조금만 있으면 마력이 절정에 이르고 주문이 완성되니 기다리도록 해라. 프릴라, 너라면 마법이 가능한 세계가 더 좋지 않겠어?"

"그, 그건…."

유안과 태유가 프릴라를 쳐다보자 프릴라는 머뭇거리며 제대로 대답하지 못했다.

"닥쳐!"

그때까지 가만히 있던 코리나가 앞으로 나서며 소리를 질렀다.

"마법도 재미있긴 하지만, 과학이 최고다! 과학의 힘으로 너를 무찔러 주겠어!"

언제나처럼 상황 파악이 안 되고 대책이 없는 코리나였다. 과학으로도 하셸리온을 이길 수는 없는데…. 하셸리온은 어이가 없다는 듯이 웃었다.

"넌 누구지? 처음에는 이들과 함께 있지 않았던 것 같은데…. 뭐, 아무래도 상관없어. 잠시만 기다려라. 난 이제 집중해야 할 시간이다."

그 말을 마지막으로 하셸리온은 사라졌다.

'쿵— 쿵—'

하셸리온이 사라지고 나자 육중한 발걸음 소리가 들렸다. 소리 나는 쪽으로 고개를 돌리니 복도 양쪽에서 경비 로봇 무리가 다가

오고 있었다.

"꼼짝 마라! 가만히 있으면 해치지 않겠다!"

로봇 부대가 한목소리로 경고했다. 그나마 다행인 건 연구소 경비 전문 로봇이라 치명적인 무기를 갖고 있지는 않다는 점이었다.

"골렘이다! 이번에는 그냥 당하지 않는다!"

프릴라가 나직하게 중얼거리며 로봇을 향해 팔을 뻗자, 앞서 있던 로봇 한두 대가 뭔가에 밀린 것처럼 뒤로 나자빠졌다.

"염력 마법!"

태유가 외쳤다.

"나도 해 봐야지!"

태유가 프릴라를 똑같이 따라 했다. 태유가 팔을 내지른 방향에 있던 로봇이 뒤쪽으로 휘청였다. 하지만 곧 자세를 바로 세우고 전진했다.

"악! 내 마법은 너무 약하구나!"

"비켜!"

프릴라가 혼자 분투했지만, 양쪽에서 밀려오는 로봇을 막기에는 역부족이었다. 로봇 부대는 쓰러진 로봇을 넘어 계속 전진했고, 쓰러진 로봇도 곧 일어나 다시 합류했다.

"더 강한 마법은 없어?"

태유가 물었다.

"골렘은 원래 무찌르기 힘들다고! 게다가 이 세계의 골렘은 내가 아는 것과 달라! 저 녀석들은 약점이 도대체 뭐야?"

프릴라가 정신없이 소리쳤다. 그 말을 들은 유안은 퍼뜩 정신이 들었다. 로봇은 결국 전기로 움직이지 않는가? 지금의 과학기술로도 아직까지 해결하지 못한 숙제. 전기를 이용하는 장치는 항상 물을 조심해야 했다.

"물! 물이 약점이야!"

유안이 외치자 프릴라가 손동작과 주문을 바꾸었다. 순간 주변 공기의 느낌이 달라졌다. 사방이 축축해지면서 피부에 송글송글 물방울이 맺혔다.

하지만 로봇 부대는 개의치 않고 다가왔다. 다가오는 속도는 빠르지 않았지만 꾸준했다. 곧 손만 뻗으면 거의 닿을 정도에 이르렀다. 거기까지 온 로봇들은 제자리에 멈춰 선 뒤 포위망을 형성했다.

사실 하셀리온으로서는 이들을 죽이거나 제압할 필요도 없었다. 주문이 완성되는 순간까지 여기서 움직이지 못하게 하면 그만이었다. 어디를 봐도 빠져나갈 구석은 없었다.

"이얏! 죽어라!"

코리나가 가까이 다가온 로봇을 향해 발길질을 했지만, 오히려 자신이 뒤로 나동그라졌다.

"힘으로 로봇을 어떻게 이겨!"

유안은 부모님의 지시를 이행하는 로비에게 꼼짝 못하고 따라야 했던 기억이 떠올랐다.

"물이 약점이라면서 왜 멀쩡한 거야?"

프릴라가 외쳤다.

"프릴라, 로봇은 방수 처리가 되어 있어서 밖이 젖는 건 상관없어! 안쪽! 회로가 있는 안쪽이 젖어야 해!"

"진작에 그렇게 말했어야지!"

프릴라가 다시 마법을 바꾸었다.

이번에는 로봇들이 위기를 느꼈는지 한 걸음 내디디며 팔을 뻗었다. 가장 가까이 있던 코리나가 목표였다. 코리나가 비명을 지르며 뒤쪽으로 물러났다. 네 사람은 서로 등을 맞댄 채 더욱 가까이 달라붙었다.

"윽! 내 마법에 방해가 되잖아! 조금만…. 됐다!"

프릴라의 말과 함께 코리나에게 손을 뻗던 로봇이 갑자기 멈췄다. 동시에 파지직 소리가 나더니 안쪽에서 연기가 흘러나왔다.

"성공이다!"

프릴라가 연속으로 로봇 몇 대를 정지시켰다. 유안과 태유, 코리나가 정지한 로봇을 자빠뜨려 다른 로봇들의 방해물로 만들었다. 뒤쪽에서 다가오던 로봇 부대의 속도가 줄어든 사이에 프릴라가 계속해서 물 공격을 가했다.

"효과가 있으니 좋긴 한데, 너무 힘들다."

"조금만 더 힘을 내!"

결국 로봇 부대를 모두 정지시키고 프릴라는 바닥에 주저앉아 숨을 몰아쉬었다.

"헉헉. 죽을 뻔했네. 이렇게 오랫동안 마법을 써 본 건 처음이야. 그나저나 신기하네. 몸속에 물을 조금 넣어 줬을 뿐인데, 왜 골렘이 정지한 거지? 속에서 불까지 나고 말이야?"

"물속의 이온 때문에 전기가 통하기 때문이야. 로봇의 회로에서 합선이 일어나 오작동한 거지. 열이 발생할 수도 있고."

유안이 설명했다.

"너도 이제 마법이 존재한다는 걸 믿지?"

태유가 빙그레 웃으며 유안에게 물었다. 유안은 빨개진 얼굴로 대답했다.

"내 눈으로 봤으니 믿을 수밖에…. 하지만 내가 처음에 믿지 않았던 건 충분히 합리적인 판단이었어!"

"과학과 마법이 결합하니 이렇게 멋진 일을 할 수 있군!"

코리나가 돌처럼 멈춰 버린 로봇을 툭툭 차며 중얼거렸다.

"그래. 하셀리온 같은 천재가 정말로 마법과 과학기술을 자유자재로 휘두를 수 있게 된다면, 뭐든지 할 수 있을 거야. 지금은 그걸 막는 게 가장 중요해."

프릴라가 힘겹게 몸을 일으키며 말했다.

유안은 사실 여전히 충격에 휩싸여 있었다. 마법의 존재는 두 눈으로 똑똑히 목격했다. 노바가 악의 대마법사 하셀리온이라는 프릴라의 주장도 사실로 드러났다. 자신이 우러러보던 천재 과학자의 실체를 알게 된 유안은 당혹스러움과 배신감을 느꼈다.

"그런데 이제 어떡하지?"

태유가 물었다.

"뭘 어떡해? 쳐들어가서 하셀리온을 무찔러야지. 로봇 팔이라도 떼어 내서 휘둘러 볼까."

코리나는 들고 다니는 간이 공구로 로봇을 분해하려고 끙끙대고 있었다.

"근데 갑자기 왜 얼굴이 당기고 목이 마르냐. 말이 잘 안 나오네. 켁켁."

"아, 여기 공기에 수분이 부족해서 우리 몸속에 있는 것까지 좀 빼다가 썼거든. 조금만 참아."

코리나의 투덜거림에 프릴라가 대꾸했다. 잠시 생각에 잠겨 있던 유안이 고개를 들며 말했다.

"역장을 *끄자*."

"뭐라고?"

"아까 하셀리온이 마법에 집중해야겠다고 했잖아. 만약 우리가 통제실을 찾아서 역장을 끄면, 아무리 하셀리온이라고 해도 마법 주문이나 읊고 있을 수 없을 거야. 가만히 있다가는 목숨이 위험할 테니까. 그러면 주문을 읊는 타이밍을 빼앗을 수 있어. 하셀리온을 무찌르는 건 어려워도 마법을 완성하지 못하게 할 수는 있을 거야. 마법을 못 쓰는 인간이라면 어떻게든 상대할 수 있어."

"마법 주문에 타이밍은 핵심이지. 분명히 방해가 될 거야."

프릴라도 동조했다.

"하지만 그러다가 초신성 폭발에 휘말리면 우리도 죽고 말 듯."

태유가 말했다.

"어차피 하셀리온을 막지 못하면, 우리 모두 죽는 거나 마찬가지야. 노예처럼 살거나 아무런 의지도 없이 빈껍데기만 남아서 그자의 로봇처럼 움직이게 될 거라고!"

프릴라가 힘주어 말했다. 눈빛이 결의에 차 있었다.

"초신성 폭발이 도착할 때까지는 한 시간 정도 남았어. 일단 역장을 끄고 하셀리온을 막은 다음, 폭발이 도착하기 전에 다시 켜면 돼."

유안이 침착하게 말했다. 태유가 한숨을 내쉬더니 프릴라에게 말했다.

"아까 그 물 쓰는 마법, 나한테도 좀 가르쳐 줘."

일단 연구소의 구조를 파악하는 것이 급선무였다. 다행히 그것은 유안이 꽤 자세히 기억하고 있었다. 티어린이 준 레이저 배열 정보에 연구 시설의 지도도 들어 있었기 때문이다.

지도로만 본 길을 찾는 건 쉽지 않았지만, 유안은 결국 통제실이 있는 방향을 찾아낼 수 있었다. 네 사람은 유안이 가리키는 방향으로 조심스럽게 전진하기 시작했다.

13

역장을
해제하라

"하셀리온은 어디 있을까? 통제실에 있으면 어떡하지?"

태유가 걱정스럽게 물었다.

"마법을 시전하려면 보조 마법진을 활용해야 할 수도 있으니 비교적 넓은 곳을 골랐을 거야."

프릴라가 말하자 유안이 고개를 저었다.

"통제실은 넓지 않아. 넓은 곳이라면… 운동 시설이나 식당 같은 곳일 거야."

"다행이다. 일단 빨리 가 보자고."

로봇 부대를 지나치고 나니 사방은 고요했다.

"너무 조용한데? 불안해. 적이 기습하려고 숨어 있는 느낌이야.

프릴라가 말했다. 앞장서 가던 유안은 그 말을 듣고 더욱더 조심스럽게 나아갔다. 모퉁이에 다다르자 유안은 살짝 고개만 내밀어 앞을 살폈다.

"아무도 없어. 가자."

유안이 속삭이자 다 같이 발걸음을 옮겼다. 천장에 박힌 조명이 몇 차례 깜빡이더니 이내 주변이 어두워졌다.

"내 마력이 점점 더 강해지고 있어. 곧 정상으로 회복할 것 같아. 그럼 하셀리온의 마력도 더 강해질 거야."

프릴라가 재촉하자 모두의 발걸음이 빨라졌다. 연구소는 크지 않았지만, 복도가 복잡하게 얽혀 있어 기억에만 의존해 길을 찾기가 쉽지 않았다.

또 다시 모퉁이가 나왔다. 맨 앞에서 서둘러 걸어가던 유안이 비명을 지르며 뒷걸음질쳤다.

"으악!"

"뭐야? 왜 그래?"

떼어 낸 로봇 팔을 몽둥이처럼 휘두르며 코리나가 뛰쳐나갔다. 누군가 바닥에 쓰러져 있었다.

"꼼짝 마! 아니? 가만있네? 죽은 건가?"

코리나가 조심스럽게 로봇 팔로 그 사람을 건드려 보았다. 프릴라가 코리나를 밀어내고는 쓰러져 있는 사람을 자세히 살폈다.

"죽은 건 아니고 의식을 잃었어. 하셀리온이 방해받기 싫어서 이곳에서 일하던 사람들을 모두 기절시켜 놓은 것 같아. 마력이 돌아오지 않았을 때니까 아마 약물 같은 걸 먹였나 봐. 가스를 이용했거나."

"휴우, 다행이다. 시체인 줄 알았잖아."

유안이 한숨을 내쉬자 프릴라가 핀잔을 주었다.

"뭘 이런 걸 갖고 놀라냐? 전쟁터에서 이런 일은 다반사지."

"여기는 전쟁터가 아니잖아!"

"전쟁터 맞아. 마음 단단히 먹어. 어느 쪽으로 가야 해?"

유안이 방향을 가리키자 이제 프릴라가 앞장섰다. 앞으로 갈수록 더 많은 사람이 쓰러져 있는 게 보였다. 열린 문으로 방을 들여다보니, 의자에 앉은 채로 뭔가 하다 말고 그대로 의식을 잃은 사람들도 있었다.

하지만 로봇 경비만은 멀쩡히 작동하고 있었다. 프릴라의 공간 이동 마법으로 누군가 침투했다는 사실을 알아낸 하셀리온이 로봇들만 활성화한 모양이었다.

다행히 마주친 건 한두 대 수준이라 프릴라와 태유가 수공 마법으로 제압했다. 앞서 로봇 부대가 전멸한 일이 알려지지 않았는지, 경비 로봇들은 특별 경계 모드는 아니었다.

"이야, 마법을 제대로 써먹어 본 건 처음이야. 신난다!"

태유가 자기 두 손을 들어 올려 쳐다보며 말했다.

'저런 게 정말 되다니. 나도 마법을 배워 볼까?'

유안은 머릿속에 떠오르는 생각을 털어 냈다. 지금 당장 마법을 배운다고 활용할 수준이 되지는 않을 것 같았다. 당장은 보호 역장을 끄는 일에 집중해야 했다.

"저쪽이야."

이제 모퉁이 하나만 더 돌면 통제실이었다. 유안이 고개를 내밀어 보니 경비 로봇 두 대가 문 양쪽에 서서 경계하고 있었다.

"로봇 둘. 맡길게."

유안이 속삭이자 프릴라가 나섰다. 하지만 프릴라도 이제는 마법을 쓰는 게 조금 힘겨워 보였다. 곧 로봇 두 대가 연기를 피우며 정지했다.

"가자!"

통제실 문을 열고 들어가자 의자나 바닥에 의식을 잃고 쓰러져 있는 사람이 대여섯 명 있었다.

"으~ 계속 봐도 적응이 안 돼."

태유가 진저리를 쳤다. 그러거나 말거나 코리나는 컴퓨터를 비롯한 각종 기계 장비를 보자 힘이 샘솟는 것 같았다. 재빨리 달려가서 이것저것 만져 보며 중얼거렸다.

"보호 역장… 보호 역장을 어디서 끌 수 있나…. 이건가?"

코리나가 무슨 장치인가를 건드리자 커다란 경보음이 울리면서 안내 방송이 나오기 시작했다.

"현재 보호 역장을 해제할 수 없습니다. 강제 해제 시 시설의 안전을 보장할 수 없습니다. 반드시 모든 인원이 안전한 곳으로 대피한 뒤…"

"뭐래, 시끄러!"

코리나가 개의치 않고 컴퓨터를 이리저리 조작하자 안내 방송이 멈췄다.

"됐다. 이제 조용하네. 가만있어 보자, 역장을 해제하려면…."

나머지는 모두 코리나만 쳐다보고 있었다. 하지만 그것도 잠시, 곧 복도에서 쿵쿵거리는 소리가 들리기 시작했다.

"경비 로봇이야!"

문으로 달려가 복도를 내다본 태유가 외쳤다. 태유는 얼른 문을 닫고 의자와 테이블 따위를 끌어다 바리케이드를 만들었다. 유안과 프릴라도 거들었다.

그러나 제대로 문을 막기도 전에 밖에서 로봇들이 문에 몸을 부딪치는 소리가 들렸다. 육중한 금속 몸체가 충돌해 문이 휘어지면서 운동량이 전해지자 세 사람은 뒤로 나동그라지고 말았다.

"무거운 로봇이 부딪치니까 충격이 장난 아닌데."

벌어진 문틈으로 로봇의 팔이 밀고 들어와 쌓아 둔 물건들을 치우려 했다.

"안 돼! 막아!"

유안이 다시 몸으로 막았지만, 로봇의 힘은 역시 강했다. 프릴라와 태유가 마법으로 로봇 두세 대를 멈춰 보았지만, 그것도 한계에 다다랐다. 마법도 체력 소모가 꽤 큰일이었다.

"됐다! 역장 해제!"

코리나가 두 팔을 번쩍 들며 외쳤다. 동시에 아까보다 더 큰 소리의 경보가 울려 퍼졌다. 로봇 부대가 멈칫하더니 이내 훨씬 더 강한 힘으로 문을 밀어붙였다.

"으으~ 코리나! 이 로봇들 해킹은 안 되는 거야? 너무 힘들어!"

"난 기술자지 해커가 아니거든?"

코리나가 달려와 몸으로 문을 막는 데 합류했다.

"경보가 울렸으니 하셀리온도 알아챘을 거야. 반드시 이 문을 사수해야 해! 폭발에 휘말린다면 아무리 하셀리온이라고 해도 마법을 완성하지 못할 거야!"

프릴라가 눈에 핏발이 선 채로 외쳤다. 유안은 다리가 떨렸다. 이대로 역장을 켜지 않은 채 하셀리온과 함께 목숨을 잃는다? 하

셀리온을 막을 수 있다고 해도, 그걸 과연 누가 알아줄까? 유안의
입장에서는 별로 선택하고 싶지 않은 일이었지만, 프릴라의 결의
는 단호했다.

그러나 프릴라의 뜻대로 되지는 않았다.

유안 일행의 등 뒤에서 사나운 바람이 불어와 바닥의 잡동사니
가 전부 소용돌이치며 떠올랐다. 유안은 두 손으로 눈을 가리며
겨우 뒤돌아보았다.

"쥐새끼 같은 놈들. 역시 너희였군. 날 귀찮게 하다니…."

하셀리온의 목소리였다. 통제실 한가운데 그자가 서 있었다.

"하, 하셀리온!"

네 사람이 한목소리로 외쳤다. 코리나가 가장 먼저 정신을 차리
고 옆에 나동그라진 의자를 들어 하셀리온에게 힘껏 던졌다. 그러
나 의자는 하셀리온의 몸을 그대로 통과했다.

"악! 저건 뭐야?"

코리나가 경악했다.

"아까와 같은 투영 마법이야! 물리력은 통하지 않아."

프릴라가 침착하게 말했다. 그 말은 들은 하셀리온이 미소를 지

으며 오른손을 가볍게 들어 올렸다. 그러자 코리나가 허공으로 떠오르더니 옆으로 날아가 벽에 부딪혔다.

"으악!"

"저건 하셀리온의 분신이야. 현실 조작 마법을 준비하면서 분신 마법까지 쓸 수 있다니 믿을 수가 없네. 대단한 건 알았지만…."

프릴라가 경악하며 말했다.

"물리력은 안 통한다면서! 그럼 어떻게 해야 해?"

태유가 등으로 바리케이드를 버티면서 물었다.

"어떻게 하긴. 나를 상대로 어떻게 할 방법 따위는 없다. 우주의 절반을 차지하는 마법을 모르는 무지한 자들이여."

하셀리온이 차가운 목소리로 말하며 손짓했다. 유안과 태유, 프릴라의 몸이 동시에 천장을 향해 떠올랐다. 동시에 바리케이드가 무너지면서 경비 로봇들이 쏟아져 들어왔다. 그중 한 대가 재빨리 컴퓨터에 접속했다.

"보호 역장이 활성화되었습니다."

하셀리온이 고개를 끄덕이더니 프릴라를 보며 말했다.

"새로운 세상의 도래를 보여 줄 요량이었는데, 안 되겠군. 이제 조금 있으면 마력이 최고조에 달한다. 아무리 나라고 해도 온 정신을 집중해야만 하니 너희를 그냥 둘 수는 없겠어."

하셀리온이 가볍게 손짓하자 유안의 의식이 흐려졌다.

‘아, 이렇게 끝나는 건가? 하셀리온을 막을 방법은 없는 걸까? 어쩌면….’

그때 연구소 전체가 쿵 하는 소리와 함께 진동했다. 하셀리온의 얼굴에 약간 당혹스러운 표정이 떠올랐다. 동시에 통신기에서 익숙한 목소리가 흘러나왔다.

"아이쿠, 들여보내 주셔서 감사합니다. 초신성 폭발이 너무 가까워서 어쩌나 하는 중이었는데, 안전히 피할 수 있게 해 주셨네요. 그런데 여기는 뭘 하는 곳인가요? 안에 들어가서 구경 좀 해도 되겠죠?"

상황에 어울리지 않게 능글맞은 목소리. 티어린이었다. 순간 유안의 의식이 다시 돌아왔다.

"티어린!"

"여, 유안이냐? 너희 갑자기 사라져서 놀랐잖아. 지금 뭘 하고 있는지는 모르겠지만, 여기가 수상한 건 확실해졌어. 우리가 또 궁금한 건 못 참잖아. 여기저기 흩어져 있던 블랙 유니버스 친구들이 다 궁금하다고 이쪽으로 와 버렸네? 기왕 왔으니 모든 걸 까발려 주겠어. 노반지 뭔지 하는 녀석의 정체까지 말이야!"

티어린의 목소리 뒤로 시위대의 우렁찬 함성 소리가 울렸다. 통제실을 가득 메우고 있던 로봇 경비 부대 대부분이 서둘러 빠져나갔다. 곧이어 바깥의 시끄러운 소리가 점점 가까워지기 시작했다.

"이런 망할…."

하셀리온이 말을 끝마치지 못하고 사라졌다. 그와 동시에, 공중에 떠 있던 유안과 태유, 프릴라가 바닥에 쿵 떨어졌다.

"윽! 하셀리온은 어딜 간 거지?"

벽 쪽에 쓰러져 있던 코리나가 가까스로 고개를 들고 묻자 프릴라가 몸을 일으키며 대답했다.

"지금 하셀리온은 엄청나게 집중해야 하는 상황일 거야. 조금만 주의가 분산되어도 위험하지. 티어린이 끼어드는 바람에 분신 마법이 깨진 게 틀림없어. 지금이야. 빨리 다시 역장을 해제해!"

코리나가 머뭇거리는 사이, 통제실에 남아 있던 로봇 몇 대가 덤벼들었다. 프릴라가 재빨리 수공 마법으로 로봇 한 대를 멈췄지만, 더 이상 힘에 부쳐 마법을 쓰기 어려웠다.

"내 힘이 부족해…."

코리나는 정지한 로봇을 사이에 둔 채 나머지 로봇과 쫓고 쫓기는 중이었다.

"저리 가! 저리 가라고!"

"순순히 항복해라!"

유안과 태유가 의자를 휘두르며 로봇을 몰아내려 했지만, 로봇은 꿈쩍도 하지 않았다. 오히려 둘은 로봇에게 의자를 빼앗기고 힘에 못 이겨 바닥에 쓰러지고 말았다.

"조금이라도 움직인다면, 영원히 움직이지 못하게 만들어 주겠다."

로봇이 감정 없는 눈으로 내려다보며 경고했다. 그때였다.

"너나 꼼짝 마라!"

로봇의 뒤쪽에서 그물이 날아오더니 로봇을 뒤덮었다. 그물이 조여들며 로봇을 꼼짝 못 하게 만들었다. 그 뒤로 티어린이 나타났다.

"티어린!"

유안이 반가운 목소리로 외쳤다.

"다들 무사하냐? 지금 밖에서는 블랙 유니버스와 경비 로봇이 싸우고 있으니까 너희는 여기 문 막아 놓고 기다려. 저 그물은 공업용 단분자 섬유로 만든 거니까 끊어질 일은 없을 거야. 안전해지면 다시 부르러 오마. 아무것도 건들지 말고!"

티어린은 마지막에 경고하듯이 눈을 크게 떠 보이고는 바삐 문을 닫고 떠났다.

티어린이 나가자마자 프릴라가 코리나에게 소리쳤다.

"보호 역장을 해제해! 얼른!"

그러나 코리나는 눈치만 보며 계속 머뭇거렸다.

"그게 하셀리온을 막을 유일한 방법이야!"

그래도 코리나가 움직이지 않자 프릴라가 이를 악물더니 직접 컴퓨터 쪽으로 향했다.

"안 돼!"

유안이 그 앞을 가로막았다.

"비켜!"

프릴라가 밀어붙였지만 유안은 강경했다.

"넌 목숨이 아까운 거냐? 아직도 사태의 심각성을 모르는구나!"

"내, 내가 죽는 것도 무섭지만… 역장을 끄면 하셀리온과 우리뿐만 아니라 블랙 유니버스까지 모두 죽어. 그렇게 많은 사람을 희생시킬 수는 없어."

"하셀리온을 막으려면, 희생은 어쩔 수 없어!"

프릴라가 악을 쓰며 유안에게 덤벼들었다. 하지만 마법을 쓰지 못하는 프릴라는 유안에게 힘으로 밀렸다.

"너, 너, 이 비겁한 녀석. 넌 이 세상 전체를 멸망시키고 있는 거라고!"

"아니야!"

맞서 외치는 유안에게 아까부터 머리를 맴돌던 생각 하나가 선명하게 떠올랐다.

"한 가지 방법이 있어!"

"비키라고! 아니, 뭐, 뭐라고?"

프릴라가 몸에서 힘을 빼며 물었다.

"방법이 있다고?"

"정말이야, 유안아?"

"정말?"

유안의 한마디에 모두가 눈을 동그랗게 뜨고 쳐다보았다. 유안은 당황했다.

"그, 그냥 떠오른 거라 될지는 모르겠는데⋯."

"빨리 말해. 허튼소리나 할 거라면 역장을 꺼 버리겠어!"

프릴라가 유안의 멱살을 쥐며 윽박질렀다.

"이거 좀 놔 봐!"

유안이 프릴라의 손을 뿌리쳤다. 그리고 머리에 떠오른 계획을 설명했다.

특별할 것 없는,
인간

　유안의 계획대로 된다는 보장은 없었다. 그래도 지금 이곳에 있는 여러 사람을 희생하지 않고서도 하셀리온을 막을 가능성이 있다면 시도해야 했다. 일행은 준비를 마친 뒤 다시 움직이기 시작했다.

　"시간이 별로 없어. 서둘러야 해."

　프릴라는 힘이 없어 비틀거리면서도 발걸음을 바삐 옮겼다. 복도를 지날 때마다 그물에 갇혀 쓰러져 있는 경비 로봇이 심심찮게 보였다. 블랙 유니버스가 시위 진압 로봇과 싸우기 위해 주로 사용하는 방법인 듯했다. 치명적이지 않으면서도 효과적인 무기였다.

간간이 바닥이나 벽에 핏자국도 보였다. 경비 로봇에게 무기가 없다 해도 싸우다 보면 다치는 사람이 없을 수는 없었다. 핏자국을 볼 때마다 유안과 프릴라의 얼굴이 굳어졌다.

유안이 지금 하셀리온이 있을 거라고 짐작한 장소는 연구소에서 비교적 넓은 식당이었다. 그쪽으로 방향을 잡고 조심하면서도 서둘러 움직였다. 가까이 갈수록 시끄러운 소리가 점점 커졌고, 바닥에 남은 핏자국과 널브러진 로봇의 수도 늘어났다.

"마력이 느껴져?"

앞만 보며 걷던 유안이 물었다.

"응. 점점 커지고 있어. 조만간 최고조에 달할 거야. 하셀리온이 자기 힘을 모두 발휘할 수 있게 된다는 뜻이지. 설마 그보다 더 커지지는 않겠지…."

프릴라가 유안을 힐긋 보며 말끝을 흐렸다.

"하셀리온의 약점은 뭐야?"

"약점?"

"그래. 약점. 그런 거 없어?"

"없어. 지능이 높고, 판단력도 뛰어나고, 죽이려는 사람의 눈을 똑바로 마주 볼 정도로 잔인하고…. 그래도 약점이랄 것을 굳이 꼽자면…."

"뭔데?"

"교만. 워낙 뛰어나다 보니 하셀리온은 자부심이 엄청나. 평범한 다른 사람을 이해하지 못하기도 하고. 그래서 왕실 마법사로 일할 때도 적이 많았다는 얘기가 있어. 그래서 나쁜 길로 빠진 걸수도 있고…."

"교만함이라…."

"하지만 그걸 가지고 함부로 하셀리온을 자극할 생각은 하지마. 너 같은 건 손끝 한 번에 죽일 수 있으니까."

프릴라가 경고했다.

식당이 가까워지자 앞쪽에서 시끄러운 고함이 들려왔다. 유안과 프릴라는 서로를 마주 본 뒤에 서둘러 그쪽으로 뛰어갔다.

앞쪽 복도에는 그물에 싸인 경비 로봇이 마구잡이로 쓰러져 있었고, 식당 입구에는 블랙 유니버스 회원 열 명 정도가 안쪽을 노려보며 소리를 지르고 있었다.

"이봐, 당신 정체가 뭐야? 무슨 수작을 벌이는 건지 밝혀!"

회원 두 사람은 카메라를 들고 촬영 중이었다.

"지금 은하계 네트워크에 생중계 중이니 허튼수작 부릴 생각마!"

도와줄 어른들이 곁에 있다고 생각하자 유안은 마음이 좀 놓였다.

"프릴라, 초광속으로 생중계 중이래! 사람들이 다 보고 있을 테니 하셀리온도 함부로 하지 못할 거야!"

그러나 프릴라는 고개를 저었다.

"그딴 건 아무 의미도 없어. 마법이 완성되는 순간 모든 건 하셀리온의 뜻대로 돌아간다고."

프릴라는 블랙 유니버스 회원들 사이를 비집고 식당 안쪽으로 나아갔다. 유안도 황급히 뒤를 따랐다. 그 모습을 발견하고 티어린이 다가와 말했다.

"야, 너희 여기서 뭘 하는 거야! 아까 거기 가만히 있으라고 했잖아!"

"하셀리온이 마법을 완성하지 못하게 막아야 한대요!"

주위가 시끄러워서 유안은 목소리를 높여야 했다.

"저게 마법인 거냐? 아까부터 저러고 있는데, 도무지 가까이 갈 수가 없어!"

티어린이 고갯짓하는 방향으로 시선을 돌리니 넓고 어두운 식당 한가운데 하셀리온이 서 있었다. 아니, 정확하게 말하면 떠 있었다. 하셀리온은 가슴을 내밀고 두 팔을 양옆으로 벌린 채 인공 중력을 이기고 공중에 떠올라 있었다. 그의 몸에서 은은한 빛이 퍼져 나왔고, 식당의 여러 잡동사니가 소용돌이치며 그 둘레를 빙빙 돌고 있었다.

"생중계 반응도 난리야. 뭐, 우리가 사기 친다고 비난하는 사람도 많지만…."

유나가 어느새 옆으로 다가와 말을 걸었다. 유나를 비롯한 블랙유니버스 회원들이 계속해서 하셀리온에게 그물총을 쏘았지만, 그물은 보이지 않는 장벽에 가로막혀 그대로 허공에 멈춰 버리고 말았다.

"가까이 갈 수도 없어. 분명히 아무것도 안 보이는데 보호막 같은 게 있는지, 저자가 만든 새로운 역장 같은 건지…."

티어린의 말에 프릴라가 고개를 저었다.

"보호 마법이에요. 중요한 마법을 시전할 때 방해받지 않도록 보통 주변에 보호 마법을 쳐 놓거든요. 하셀리온이 쳐 놓은 마법이라면 누구도 뚫을 수 없을 거예요."

"그럼 어떡하라고? 그냥 기다려? 마법 구경이나 하면서?"

프릴라가 고개를 끄덕였다.

"일단 기다려요."

유안이 프릴라를 한쪽으로 잡아끌며 속삭였다.

"아까는 왜 보호 마법에 대해 이야기하지 않았어? 이래서는 하셀리온에게 가까이 갈 수 없잖아! 어떡할 생각이야? 현실 조작 마법을 막는다고 해도 하셀리온은 여전히 다른 마법을 쓸 수 있어. 완전히 끝장내 버리지 않으면 우린 죽은 목숨이라고!"

"일단 기다려 봐."

유안은 다리가 떨릴 정도로 초조했지만 기다리는 수밖에 없었다.

"곧 초신성이 폭발한다!"

티어린이 외쳤다. 정확히 말하면 초신성은 이미 며칠 전에 폭발했고 그 빛이 곧 이곳에 도달한다는 뜻이었지만, 지금은 그런 걸 따질 때가 아니었다. 유안은 창밖으로 시선을 돌렸다. 어두운 우주 공간이 보였다.

그리고 한순간에 우주가 하얗게 변했다.

연구소의 중앙컴퓨터가 광량을 감지해 자동으로 빛의 투과율을 낮추었지만, 여전히 사방이 눈이 부실 정도로 밝았다.

유안은 힘겹게 실눈을 뜨고 하셀리온을 바라보았다. 하셀리온은 아까보다 더욱 심취한 표정으로 주문을 읊고 있었다. 소리는 들리지 않았지만, 목의 핏줄이 터질 듯이 부풀어 있는 게 보였다.

밝은 빛이 사방을 뒤덮자 시끄럽게 떠들던 모든 사람이 조용해졌다. 하셀리온이 무엇을 하고 있는 건지 아는 사람, 모르는 사람 모두가 멍하니 그를 바라보고만 있었다.

유안은 주먹을 움켜쥐며 프릴라에게 시선을 옮겼다. 프릴라는 오히려 담담한 표정을 하고 있었다. 맑은 녹색 눈은 걱정하지 말라고 말하는 듯했다.

이윽고 눈이 적응한 건지 빛의 밝기가 좀 줄어든 느낌이었다. 빛 차단율이 더 높아졌나 싶어 주위를 두리번거리는 유안의 눈에, 태블릿을 들고 흔드는 코리나의 모습이 보였다.

"통제실에서 갖고 왔어. 이걸로 밝기를 원격 조정할 수 있더라고. 눈부셔 죽는 줄 알았네."

코리나는 언제나 그렇듯 아무 걱정 없는 표정이었다.

침묵 속에서 몇 분이나 지났을까. 하셀리온이 살짝 당혹스러운 표정을 지었다. 주문을 읊는 입은 멈추지 않았지만, 뭔가 이상함을 느낀 것 같았다.

마침내 하셀리온이 입을 다물었다.

"끝났다."

프릴라가 나직하게 중얼거렸다. 하셀리온은 혼란스러운 표정으로 주위를 두리번거렸다.

"뭐야, 끝난 건가?"

"뭐가 어떻게 된 거야?"

"아무 일도 안 일어난 거 같은데?"

블랙 유니버스 회원들이 여기저기서 수군거렸다. 유안도 프릴라를 쿡 찌르며 물었다.

"이제 하셀리온이 화가 나서 날뛸 텐데 어떻게 해? 우리 계획대로 하려면 네가 하셀리온 곁에 다가가야 하잖아. 마지막 순간에 완전 집중 상태일 때 다가갈 수 있을 거라며!"

그러나 프릴라는 아무런 대꾸를 하지 않고 앞으로 천천히 걸어 나갔다.

"하셀리온!"

프릴라가 소리 높여 외쳤다. 모두가 숨을 죽이며 프릴라를 바라보았다. 하셀리온의 시선도 프릴라를 향했다. 하지만 상대할 가치도 없다는 듯 이내 눈길을 돌렸다. 프릴라는 기죽지 않고 다시 외쳤다.

"왜 주문이 먹히지 않는지 궁금하겠지?"

그제야 하셀리온이 굳은 표정으로 프릴라를 노려보았다.

"당신의 주문에는 아무 이상이 없어. 하지만 그 마법은 통하지 않을 거야. 우리가 마법진을 엉망진창으로 바꾸어 놓았거든."

"그래! 아까 우리가 통제실에서 레이저 배열을 바꿔 버렸지롱! 시간이 좀 걸렸지만, 뛰어난 기술자인 내가…."

코리나가 끼어들자 태유가 황급히 코리나를 잡아끌었다.

하셀리온은 금세 상황을 파악한 모양인지 웃음기 어린 표정을 지으며 말했다.

"오호라, 통제실에서 내가 짜 놓은 레이저 배열을 망가뜨려 놓았다는 건가? 쥐새끼 주제에 그런 수작도 부릴 수 있다니 기특하군. 그래 봤자 잠시 시간만 버는 게 고작이겠지만. 이렇게 귀찮게 굴 줄 알았다면 처음부터 네놈들을 모조리 없애 버린 뒤에 조용히 시작할 걸 그랬구나."

하셀리온의 얼굴에서 살기가 느껴졌다. 프릴라는 여전히 기죽지 않은 채 하셀리온을 손가락질하며 말했다.

"그렇게 잘났다더니 별거 없네? 우리의 얄팍한 수에 방해를 받다니. 수천 년에 한 번 나올까 말까 한 천재 마법사라는 것도 다 거짓말이었어!"

"마법진을 망가뜨렸어도 내가 여전히 다른 마법을 자유롭게 쓸 수 있는 상태라는 걸 잊었나? 견습 마법사 수준의 얄량한 마법으로 내게 대항할 수 있을 거라 여기는 건가?"

"어쩌면? 이름만 들었을 때는 겁났는데, 막상 마주쳐 보니까 당신도 특별한 것 없는 인간이야!"

'애 뭐 하는 거야? 나보고는 자극하지 말라더니?'

유안의 심장이 두근거렸다.

"인간⋯?"

하셀리온의 눈이 분노로 번득였다. 하셀리온이 손을 가볍게 휘젓자 프릴라의 몸이 순식간에 앞으로 끌려갔다.

"프릴라!"

유안이 깜짝 놀라 프릴라의 허리를 끌어안고 버티려 했지만, 속수무책으로 끌려갈 뿐이었다. 두 사람은 어느새 하셀리온의 눈앞에 떠 있었다.

"아직 시간은 충분하니 마법진 따위는 다시 만들면 돼. 그전에 너희 쥐새끼들을 죽이는 즐거움을 누려야겠군. 난 사람을 즐겨 죽이지는 않지만, 한번 죽일 때는 반드시 눈을 맞추며 그 기분을 음미하지. 어때? 새로 사귄 친구부터 없애 줄까?"

하셀리온이 유안의 눈을 정면으로 마주 보았다. 순간 유안은 숨을 쉴 수 없었다. 몸부림을 치고 싶어도 몸이 꼼짝하지 않았다. 하다못해 하셀리온의 얼굴에 침이라도 뱉고 싶었지만, 혀끝조차 움직일 수 없었다. 시야 가장자리에서 태유와 코리나, 블랙 유니버스 회원들이 어쩔 줄 모르고 소리치는 듯한 모습이 보였지만, 사방은 온통 침묵뿐이었다. 생명이 빠져나간다는 게 이런 기분인 건가 싶었다.

그때 유안은 자신과 프릴라가 하셀리온과 딱 붙어 있다는 사실을 깨달았다.

'이때다! 지금이야!'

의식이 점점 흐려지는 가운데 유안이 생각했고, 프릴라가 입을 열었다.

"아, 아까 말 안 했는데, 우리는 마법진을 그냥 망가뜨린 게 아니야."

하셀리온이 순간 의아한 표정을 지었다.

"다른 마법진으로 바꾸었다고!"

그와 동시에 프릴라가 재빠르게 하셀리온의 가슴에 손바닥을 갖다 대며 짧은 주문을 읊었다.

다시
나의 우주로

강렬한 빛이 하셀리온과 프릴라를 둘러쌌다. 유안은 눈을 감았다. 하셀리온의 포효하는 목소리가 왠지 조금 멀게 느껴졌다.

얼마 지나지 않아 빛이 사라졌다. 그와 동시에 유안과 프릴라는 허공에서 바닥으로 떨어졌다.

"하셀리온의 마법이 효력을 잃었어!"

태유가 외치는 소리가 들렸다. 사람들이 우르르 달려와 유안과 프릴라를 보호하려 했다. 유안은 하셀리온을 쳐다보았다.

하셀리온은 여전히 그 자리에 있었지만, 느낌이 아까와 달랐다. 경악한 듯 벌어져 있는 입에서는 아무 소리도 나지 않았다. 형체가 가까우면서도 점점 멀어지고 있다는 느낌이 들었다.

하셀리온이 허우적거리며 프릴라를 향해 손을 뻗었다. 프릴라는 본능적으로 뒤로 물러나며 외쳤다.

"당신은 이미 차원을 넘어갔어. 그러니 당신의 마법은 이제 이 세계에 통하지 않아!"

하셀리온은 점점 멀어져 갔다. 유안은 그 모습을 신기하게 바라보았다. 투명한 벽을 하나씩 건너 다른 곳으로 떠나 버리는 느낌. 허우적대던 하셀리온이 마침내 완전히 사라지자 유안과 프릴라는 자기도 모르게 털썩 주저앉았다.

"끄, 끝난 건가?"

태유가 중얼거렸다.

"만세! 이겼다!"

코리나가 펄쩍펄쩍 뛰며 외쳤다. 티어린과 유나를 비롯한 블랙유니버스 회원들은 무슨 일이 벌어진 건지 아직 감을 잡지 못해 어리둥절한 상태였다.

"이봐, 어떻게 된 거야? 방금 그것도 마법이었어?"

티어린이 유안을 붙잡고 물었다. 유안은 긴장이 풀려서 몸에 힘을 줄 수가 없었다. 그저 고개만 끄덕거릴 뿐이었다.

"노바는 어디로 간 거야?"

유나가 묻자 태유가 나섰다.

"우리가 여기 오기 전에 레이저를 움직여서 마법진을 바꿨어요.

그리고 프릴라가 하셀리온을 멋지게 속인 뒤에 주문을 읊어서 다른 세계로 보내 버렸죠! 이제 우리 세계는 안전해요!"

"다른 세계…?"

티어린이 물었다.

"사실 마법진은 프릴라가 만든 거라 저도 더 이상은…. 아, 그러면 하셀리온이 가게 된 또 다른 세계가 위험에 처하려나…?"

태유가 머리를 긁적이며 대답했다.

"하셀리온은 원래 자기 세계로 돌아갔어."

프릴라가 힘없는 목소리로 말했다. 모두가 프릴라를 바라보며 설명을 기다렸다. 프릴라는 힘겹게 일어서며 말을 이었다.

"나는 존재하는지도 모르는 새로운 세계로 보내는 마법 같은 건 할 줄 몰라. 그래서 그냥 원래 세계로 돌려보낼 수밖에 없었어."

"그러면 너희 세계가 다시 위험해지는 거잖아!"

"어쩔 수 없지. 애초에 우리 세계에서 해결했어야 하는 일인걸. 너희에게 미안할 뿐이야."

유안이 안타까워하자 프릴라가 담담하게 말했다.

"아니야. 애초에 괜히 마법을 써 보겠다고 설친 내 탓인 듯."

태유가 시무룩하게 말했다.

"어쨌든 이제 가야 할 시간이야."

프릴라가 하셀리온이 사라진 지점으로 걸어가며 말했다.

"뭐라고?"

"나도 우리 세계로 돌아가야 한다고. 아까 하셀리온과 함께 이동할 생각이었는데, 유안 때문에 하셀리온만 먼저 보냈어."

"하셀리온과 함께 넘어갔다면, 넌 도착하자마자 하셀리온에게 죽었을 거야."

유안이 외쳤다.

"물론 그랬겠지. 그래도 그게 가장 확실하다고 생각했으니까. 어쨌든 마력이 다시 떨어지기 전에 나도 돌아가야겠어."

유안은 먹먹해졌다. 얼마 전까지만 해도 전부 꼴도 보기 싫다고 말했지만, 막상 이런 일을 겪고 또 이렇게 헤어진다고 하니 무슨 말을 해야 할지 잘 떠오르지 않았다.

"안 돼! 돌아가면 다시 무서운 하셀리온과 싸워야 하잖아. 여기서 계속 나한테 마법을 가르쳐 줘!"

태유가 프릴라의 옷소매를 잡고 늘어졌다.

"아니. 여긴 내 세계가 아니야. 돌아가서 우리 세계를 위해 다시 하셀리온과 맞서 싸우는 게 옳은 일이야. 다행히 여기서 한번 맞서 보면서 자신감도 생겼어. 우리는 반드시 이길 수 있을 거야!"

프릴라는 작은 주먹을 세게 쥐었다.

"지금 마력은 오래가지 않을지도 몰라. 다시 마법을 쓸 수 없게 되기 전에 얼른 돌아가야 해."

유안이 머뭇거리다 입을 열었다.

"프릴라, 꼭 그러지 않아도 돼. 내가 살 세계는 내가 선택할 수 있지 않을까? 여기가 마음에 들었다면 여기 살아도 돼. 다행히 우리 부모님도 널 좋아하시고…."

태유가 유안과 나란히 서서 그렁그렁한 눈으로 바라보며 고개를 끄덕였다. 프릴라가 미소를 지었다.

"고마워. 하지만 난 가야 해. 나도 우리 세계에 가족과 친구와 동료가 있어. 내가 가서 함께해 줘야 해. 그게 옳은 일이야."

프릴라는 '옳은 일'이라는 말을 반복했다.

네 사람이 서로 가니 못 가니 하는 이야기를 하는 동안, 블랙 유니버스 회원들은 가만히 바라보고만 있었다. 눈앞에서 벌어진 일을 믿을 수도 없고 안 믿을 수도 없다는 눈치였다. 티어린과 유나도 그저 프릴라를 유심히 지켜보았다. 누구도 프릴라의 결심을 돌릴 수는 없어 보였다.

프릴라는 하셀리온이 사라진 지점에 서서 손동작을 하며 주문을 읊기 시작했다. 초신성의 빛이 아닌 마법의 빛이 프릴라의 몸을 감쌌다. 하셀리온 때처럼 프릴라의 몸이 가까우면서도 멀리 보이기 시작했다. 프릴라가 유안과 태유, 코리나, 한 명 한 명과 눈을 맞추며 웃어 보였다.

"에잉! 나도 갈 거야! 마법 세계로 모험을 떠난다!"

갑자기 코리나가 외치며 프릴라를 향해 뛰어들려 했다. 다행히 유안과 태유가 늦지 않게 붙잡을 수 있었다.

"뭐야! 이거 놔!"

코리나가 발버둥을 쳤다. 그 모습을 본 프릴라가 놀라서 눈을 동그랗게 떴다가 다시 웃었다. 뭐라고 중얼거리는 것 같았지만, 소리는 들리지 않았다.

마침내 프릴라는 사라졌다.

"무사히 돌아갔겠지?"

태유가 눈물을 글썽이며 말했다.

"내가 본 게 도대체 뭔지 아직도 모르겠다."

티어린이 말했다. 두 번째로 마법을 목격한 블랙 유니버스 회원들도 여전히 멍한 표정이었다.

가장 먼저 현실로 돌아온 건 역시 티어린이었다.

"이봐, 뭐 해? 빨리 컴퓨터 뒤져서 증거 자료 확보해! 빨리 여길 뜨자고. 오래 있어서 좋을 게 없어. 곧 있으면 우주경찰이 올 거야. 아니, 초신성 폭발에 휘말린 공간이니 자체 보호 역장이 있는 무장선이 오겠네. 더 빨리 튀어야겠다. 너희는 어쩔 거냐?"

정신없이 지시를 내리던 티어린이 물었다.

"선택해. 곧 있으면 구조대…라고 하긴 뭐하지만 어쨌든 상황을 파악하러 누군가 올 거야. 그 사람들을 따라가도 되고, 우리를 따라와도 돼. 우리 우주선은 자체 역장이 없어서 연구소 역장 안에서 초광속 도약을 시도해야 하니까 좀 위험하긴 할 거다. 뭐, 그래도 빠져나갈 수는 있을 거야. 항상 이렇게 살았으니, 호호."

유안과 태유에게 붙잡혀 시무룩하게 있던 코리나가 손을 들며 외쳤다.

"난 블랙 유니버스와 함께 갈래요. 답답한 세상에서는 못 살 것 같으니까. 단, 이번에는 그냥 아이가 아니라 정식 기술자로 대접해 줘야 해요!"

티어린이 코리나를 보며 웃었다.

"그래. 일단 같이 가자. 근데 미성년자를 데리고 다니는 건 우리도 부담스러우니 일단 학교를…."

"아, 난 모험을 원한다니까 학교라니 무슨 소리예요!"

코리나가 방방 뛰었다. 티어린이 쓴웃음을 지으며 유안과 태유에게 물었다.

"너희는?"

"저희는 알아서 집에 갈게요."

유안이 대답하자 태유도 고개를 끄덕였다.

"그래. 나중에 조사받으면 그냥 다 우리 탓이라고 해 버려. 우린 어차피 상관없으니까. 하하."

티어린은 유쾌하게 웃으며 돌아섰다. 코리나가 따라가다가 뒤돌아서더니 유안과 태유에게 악수를 청했다.

"잘 지내. 난 모험을 계속할 테니까 또 볼 수 있을 거야~"

코리나도 명랑하게 작별하고 티어린을 따라 사라졌다.

이제 처음처럼 유안과 태유만 남았다.

믿을 수 없는 사건이 끝났지만, 유안과 태유는 그 뒤에도 여전히 경황이 없었다. 연구소에 나타난 군인들은 즉시 유안과 태유를 붙잡아 조사를 시작했다. 처음에는 태유가 마법 세계에서 하셀리온과 프릴라가 건너오며 벌어진 일이라고 설명했지만, 당연히 아무도 믿지 않았다. 결국 유안과 태유의 증언과 무관하게, 티어린의 말처럼 영상과 증거 자료 모두 블랙 유니버스가 꾸며 낸 것이라는 결론이 났다. 한편 하셀리온이 사라지고 나자 유안과 태유, 부모님들이 썼던 누명도 마법처럼 사라지고 말았다.

조사를 모두 마치자 군인들은 유안과 태유를 석방한 뒤, 우주선이 있는 리아드 행성에 데려다주었다. 마누팩토사의 공장 건설은 중단되었지만, 행성은 상당히 훼손된 상태 그대로였다. 자연 그대로 돌아오려면 한참 걸릴 수밖에 없었다.

유안의 우주선은 우주정거장에 너무 오랫동안 방치된 나머지 어느 외딴 격납고에 처박혀 있었다. 상태도 확실히 알 수 없어서 결국 견인 서비스를 이용해야 했다.

짧은 초광속 비행을 마치고 우주 공항에 내리자 부모님이 맞이했다.

"유안아!"

"태유야!"

부모님들 역시 풀려난 지 얼마 되지 않았는지 초췌해 보였다. 두 가족은 서로 끌어안은 채 한참 동안 말이 없었다.

시간은 흘렀고, 유안과 태유는 일상을 되찾았다. 하지만 짧은 모험의 기억만큼은 결코 잊을 수 없었다.

유안은 어딘가 마법이 통하는 세계가 있다는 사실을 알게 되었고, 우주 바깥에 또 어떤 세상이 있을지 궁금했다. 다중우주 이론을 다루는 책과 다큐멘터리를 열심히 찾아보았지만, 실마리는 잡히지 않았다.

반대로 태유는 오히려 마법에 시큰둥해졌다.

"진짜 마법 세계가 있다는 걸 알게 되니까 내가 취미로 하는 게 시시해졌어."

유안과 태유는 전처럼 가깝게 지내며 가끔 그때 이야기를 나누었다.

"코리나는 잘 지내고 있을까?"

"걘 어디다 놔둬도 신나게 잘 살 거야. 우주를 떠돌고 싶다고 했으니 잘됐지, 뭐."

블랙 유니버스는 한동안 해체한 듯 조용하게 지냈지만, 얼마 전부터 다시 슬슬 활동을 시작하고 있었다.

가장 궁금한 건 프릴라였다.

"프릴라는 잘 있으려나? 하셀리온을 막았어야 할 텐데…."

"해냈을 거야. 분명히."

유안은 마지막으로 보았던 프릴라의 굳건한 눈빛을 기억했다. 프릴라라면 분명히 자신의 세계와 사람들을 지켜 낼 수 있을 거라고 믿었다.

어렸을 때부터 항상 모험이 있는 삶을 꿈꿨습니다. 지금 우리가 사는 세상과 다른 매력적인 세상, 신기한 동식물, 숭고한 목표를 위해 달려가야 하는 삶. 이 모든 게 제 가슴을 들뜨게 했지요. 심지어 왜 하필 나는 이렇게 재미없는 세상에 태어났을까 하고 푸념하기도 했습니다. 평범한 삶보다 악을 물리치고 세상을 구하기 위해 싸우는 삶이 멋있게 보였던 거지요.

물론 그런 이야기는 현실 도피라며 가볍게 여기거나, 시간 낭비하지 말라며 충고하는 어른들도 있었습니다. 아마 사는 데 도움이 안 된다고 생각하셨을지도 모르지요. 저도 어른이 된 지금은 더 이상 어렸을 때처럼 난세에 태어났으면 좋았겠다고 생각하지 않습니다. 평온한 삶의 소중함을 알기 때문입니다.

그래도 모험을 생각하면 짜릿해지는 마음은 아직 그대로입니다. 일상에 지치거나 무료한 시간이 생기면 아직도 어린 시절처럼 뜻하지 않게 모험이 찾아오는 상상을 하곤 합니다.

그런데 우리는 왜 이렇게 현실에서는 일어나기 어려운 일을 상상하도록 진화했을까요? 저는 사람이 있을 법하지 않은 이야기를 상상하게 된 건, 그게 앞으로 일어날지 모를 일에 대비하는 데 도움이 되었기 때문이라고 생각합니다. 사람은 단 한 번밖에 살아가지 못하지만, 상상으로 탄생한 이야기를 접하면서 다른 삶을 간접 경험합니다. 이런 경험은 언젠가 닥쳐올 일에 좀 더 유연하게 대처할 수 있게 해 줍니다. 일종의 인생 연습인 거지요.

특히 과학은 우리의 상상을 더욱 현실에 가깝게 만들어 줍니다. 과학적 지식과 방법론을 바탕으로 꾸며 낸 세상은 우리가 실제로 경험하게 될지도 모르는 세상입니다. 이 책에서는 재미를 위해 과학적인 설정을 다소 희생한 부분도 있는데요, 어떤 면에서 그런지 읽으면서 생각해 보는 것도 재미있을 겁니다.

오늘날 세상은 위기에 처해 있습니다. 기후변화가 닥쳐왔고, 이로 인해 세상은 점점 예측하기 어려워지고 있습니다. 이럴 때일수록 SF와 같은 이야기는 더 중요해집니다. 아, 갑자기 분위기가 너무 무거워지는군요. 불안한 미래를 대비해서 이야기를 읽으라고 하는 건 아닙니다. 이야기의 근본적인 목적은 어디까지나 재미지요. 그러니 일단 부담은 내려놓고 신나는 모험을 즐기시길 바랍니다. 여러분의 경험과 시야가 넓어지는 건 자연스럽게 따라오는 일이니까요.

2023년 여름,
고호관

북트리거 일반 도서

북트리거 청소년 도서

30세기 소년소녀

1판 1쇄 발행일 2023년 7월 20일
지은이 고호관
펴낸이 권준구 | **펴낸곳** (주)지학사
본부장 황홍규 | **편집장** 김지영 | **편집** 양선화 서동조 김승주 | **기획·책임편집** 양선화
표지 디자인 정은경디자인 | **본문 디자인** 이혜리 | **일러스트** 붉키드
마케팅 송성만 손정빈 윤술옥 박주현 | **제작** 김현정 이진형 강석준 오지형
등록 2017년 2월 9일(제2017-000034호) | **주소** 서울시 마포구 신촌로6길 5
전화 02.330.5265 | **팩스** 02.3141.4488 | **이메일** booktrigger@naver.com
홈페이지 www.jihak.co.kr | **포스트** post.naver.com/booktrigger
페이스북 www.facebook.com/booktrigger | **인스타그램** @booktrigger

ISBN 979-11-89799-98-4 43810

* 책값은 뒤표지에 표기되어 있습니다.
* 잘못된 책은 구입하신 곳에서 바꿔 드립니다.
* 이 책의 전부 또는 일부 내용을 재사용하려면 반드시 저작권자의 사전 동의를 받아야 합니다.

북트리거

트리거(trigger)는 '방아쇠, 계기, 유인, 자극'을 뜻합니다.
북트리거는 나와 사물, 이웃과 세상을 바라보는 시선에 신선한 자극을 주는 책을 펴냅니다.